Casa de juegos

Autores Españoles

Daína Chaviano

Casa de juegos

PLANETA

© Daína Chaviano, 1999

© Editorial Planeta, S. A., 1999
   Córcega, 273-279, 08008 Barcelona (España)

Realización de la cubierta: Departamento de Diseño de Editorial Planeta

Ilustración de la cubierta: Fotos archivo de la autora

Primera edición: mayo de 1999

Depósito Legal: B. 20.872-1999

ISBN 84-08-03066-3

Composición: Fotocomposición Gama, S. L.

Impresión: A&M Gràfic, S. L.

Encuadernación: Serveis Gràfics 106, S. L.

Printed in Spain - Impreso en España

*Para Carlos Modia,
por revelarme que la mística del amor
puede igualar la mística del eros.*

Soy capaz de perversiones delicadas.

ANAÏS NIN

PRIMERA PARTE
—
EL DIOS QUE ABRE LOS CAMINOS...

LA NOCHE DE OSHÚN

I

Cuando Gaia escuchó los pasos, estuvo a punto de esconderse tras los arbustos que rodeaban el asiento del parque; pero ni siquiera llegó a levantarse. Fue el propio sonido lo que le advirtió que no se trataba de un delincuente vagando en busca de víctimas a esa hora de la noche. El pausado repiqueteo de los tacones le recordó su infancia, cuando ella y sus amigas jugaban a ser mujeres.

Una sombra delgada la cubrió.

—Disculpa —su voz era grave y musical—, ¿no pasó alguien por aquí?

—No he visto a nadie.

Sin ser invitada, la mujer se sentó junto a ella: una mulata alta, de piernas insuperables. Gaia no pudo ver sus ojos porque la luz de la luna le cubría la espalda como un manto sobrenatural; sólo advirtió el brillo de la mirada que la estudiaba desde aquel rostro invisible.

El viento movió las ramas de los árboles y un silbido cercano hirió la noche. Gaia levantó la vista disimuladamente, oteando los alrededores. Algo vivo palpitaba en el aire. Tal vez fuera el hálito de una presencia... o de muchas. Un fulgor escapaba del suelo y delineaba los contornos de las nubes, que parecieron teñirse de azúcar helada. Miró sus manos. ¿Era su imaginación o brotaba de ellas una claridad láctea? El soplo de la brisa la hizo sentir desnuda, a merced de sus inseguridades. Aunque intuyó que esa sensación provenía de la súbita frialdad —tan anómala en el trópico—, su efecto se abatió sobre ella con la potencia de un embrujo.

—¿Esperas a alguien?

—No —mintió.

No quería dar explicaciones acerca de su vida privada. Por lo demás, su acuerdo con Eri era un asunto secreto. Se quedaría allí esperando al mensajero con la contraseña, pero no tenía por qué hablarle a nadie de su extraña cita a ciegas.

—Pues yo vine a encontrarme con cierta persona —suspiró la desconocida, y volvió el rostro para mirar el entorno.

Gaia pudo contemplar su perfil, de ojos rasgados y nariz morisca.

—Tengo la impresión de que no va a venir. —La mujer la observó con fijeza y, al sonreír, sus dientes resplandecieron en la oscuridad—. ¿Te gustó la obra?

La joven se sobresaltó.

—¿Qué obra?

—Te vi en el teatro... Supongo que era tu novio —y, sin esperar respuesta, continuó—: Mi marido y yo nos separamos hace unos días, pero ya estoy acostumbrada. Al final siempre regresa.

Gaia no dijo nada. Tuvo la incómoda sensación de que aquella mujer podría inmiscuirse en su vida con la misma facilidad con que se despojaría de una prenda de vestir, y eso no le gustó. Por si fuera poco, su inquietud crecía por minutos; no lograba librarse de su aprensión. Se sintió vigilada, pero no pudo determinar si su sospecha era cierta o resultado de una larga espera.

—Creo que debo irme.

—¿Por qué no me acompañas? Tengo una invitación para dos.

—¿Adónde? —preguntó con desconfianza—. A estas horas no debe de haber nada abierto.

—Sí, una casa de juegos.

Gaia se echó a reír.

—¿Me has visto cara de idiota? —replicó, pero no estaba ofendida—. Las casas de juegos se cerraron hace más de treinta años.

—Ésta es diferente.

Se puso de pie, irritada por aquella conversación sin sentido.

—Tengo que irme —dijo, y le tendió la mano.

La otra se levantó con lentitud, como si el aire obstaculizara sus movimientos. Gaia imaginó un ave que tratara de alzar el vuelo desde el fondo de un lago.

—¿Nunca has querido conocerte?

Su voz pareció provenir de otra época.

—Sé bien quién soy.

—Pero no quién puedes llegar a ser —susurró la otra, reteniendo aún su mano.

Gaia fue a soltarse, pero sintió que no quería abandonar aquella tibieza. Ahora podía verla mejor porque la luz de un farol se derramaba a plenitud sobre su rostro. Era realmente hermosa.

—No deberías renunciar al placer de ser tú misma.

Era obvio que nadie vendría; ya había esperado demasiado. Para colmo de males, el lenguaje de la intrusa sólo contribuía a aumentar su nerviosismo. Presintió la cercanía de entidades invisibles; escuchó sus risas burlonas entre las ramas, sus vuelos rasantes, sus agudos chillidos inundando las inmediaciones. ¿O eran sólo lechuzas?... Fuese lo que fuese, lo más cuerdo era marcharse. Hizo un gesto de despedida.

—No sé por qué huyes —escuchó a sus espaldas—. *El dios que abre los caminos también puede cerrarlos.*

La frase actuó como un ancla: era la contraseña que Eri le había prometido.

Al volverse, creyó percibir una vaga fosforescencia en torno a la mujer. Por un momento pensó que aquel halo era un reflejo engañoso provocado por el farol a sus espaldas, pero cuando la desconocida abandonó su puesto, el halo no desapareció; por el contrario, sus furiosos matices, de un azul intensamente dorado, parecieron adquirir una pureza prístina.

Gaia experimentó de nuevo aquella sensación de presagio que anegaba la noche desde sus comienzos. Olfateó el aire, aguzó el oído, y alertó su piel para recibir las impresiones de cualquier criatura que hubiera dejado huellas de su paso por esa zona. Estaba segura: la isla se había poblado de manes caribeños.

—¿Quién eres? —preguntó Gaia.

—Si te dijera la verdad, ¿me creerías?

Prefirió ignorar su tono burlón.

—¿Te envió Eri?

—Lo que se sabe no se pregunta.

Gaia se estremeció porque aquélla era una de las respuestas del oráculo que —meses atrás— la guiara hasta Eri, y su mención contribuyó a aumentar la irrealidad de la silueta enmarcada por un aura cristalina.

—Vamos —colocó sus manos sobre los hombros de la muchacha.

El contacto traslucía delicadeza y, al mismo tiempo, resultaba posesivo. Presa de un vago deseo, permitió que la desconocida rodeara su cintura y la condujera. ¿Adónde? No sabía, y tampoco le importaba. La frase había transferido una carga de sumisión a su voluntad. Le pareció caminar por un valle de niebla, rodeada de sonidos indefinibles. Vivía un sueño... o una pesadilla, porque era demasiado pronto para decidir si le agradaba o no aquella experiencia. Recordó haber visto cierto libro con fotos de ectoplasmas que se desprendían de una médium y formaban siluetas espectrales. Algo semejante le estaba ocurriendo: tenía una sensación de irrealidad ante lo que parecía ser muy real.

En aquel estado de embriaguez, percibió los dedos de la mujer que se escurrían por su cadera. El roce le provocó vergüenza y excitación, pero ni por un instante se le ocurrió protestar. Eri le había advertido que debía obedecer al mensajero que pronunciara la contraseña.

Pese a su docilidad, volvió a preguntarse cómo había caído en una situación de la cual no osaba evadirse; sólo sabía que el poder de ese hombre sobre ella vetaba toda escapatoria... ¿Cómo lo había conocido? ¿Qué circunstancias la arrastraron hacia él? ¿Había sido su salvación o su castigo? ¿Se habría aprovechado de su maltrecha suerte?

Cerró los ojos para recordar, mientras los dedos de la mujer jugaban con su cintura.

II

Hacía tres años que su amante había muerto y todavía se masturbaba pensando en él.

Una amiga los presentó una tarde, cuando ambas se tropezaron en la escalinata de la universidad. Gaia conocía a Lisa desde que tenía uso de razón. Quizás por eso se atrevía a hablarle de temas que jamás hubiera mencionado delante de otros, y no era raro que a menudo comparasen sus frustraciones. La universidad no era aquel parnaso descrito en los libros. De no haber mediado una amistad de años, Gaia jamás se habría quejado ante Lisa de la aridez de sus asignaturas, y Lisa no se hubiera lamentado de cuán pocos temas podía debatir con alguna libertad. Sentadas en mitad de la enorme escalinata —un método que les permitía percatarse con antelación de la proximidad de intrusos—, se dedicaron a rezongar durante media hora y a compartir sus impresiones. Ya estaban al borde de un pacto suicida, cuando un grupo de personas cruzó la calle en dirección a la heladería Coppelia.

—Mira quién va por ahí —exclamó su amiga, olvidando por un momento sus lamentos existenciales.

Se refería a aquel cuarteto compuesto por un hombre y tres jovencitas que parecían estudiantes. Una de ellas le hizo señas con el brazo.

—¡Y va con Melisa! —exclamó, agitando su mano.

—¿Con quién?

—Una amiga que no veía desde hace meses. Es medio lunática, pero inofensiva. Fíjate si es rara que hasta escribe cuentos de vampiros... ¡Ahora me lo explico! Por eso anda con él —agarró a Gaia por un brazo—. Vamos.

—¿Adónde?

—Ven conmigo —Lisa ya bajaba las escaleras—. Quiero presentarte a uno de nuestros mejores pintores.

Gaia la siguió con interés, más por la promesa de conocer a un artista que por el hecho de tratarse de un tipo medianamente apuesto. Tuvo su primera sorpresa al estrecharle la mano. Era alto —mucho más de lo que supusiera al principio—, y a ella siempre le habían gustado los hombres altos; de esos que la obligaban a doblar el cuello hasta casi fracturarse una vértebra, como si estuviera frente a un altar donde hay que elevar la mirada para ver a Cristo en su lejana cruz. Además, éste era pintor, es decir, uno de esos seres que viven inmersos en la bruma de sus visiones... Gaia no recordaba sus cuadros, pero su nombre le resultaba familiar y eso era suficiente para convertirlo en una pieza de museo.

Jamás creyó que tuviera intenciones de llamarla cuando apuntó su teléfono. Supuso que aquél sería uno de esos actos que realiza cierta gente con la única intención de parecer amable. Sin embargo, cumplió su palabra. Y no sólo eso: empezó a propiciar reuniones semanales para conversar y discutir acerca de todo lo imaginable. Su erudición era tan asombrosa que Gaia pronto olvidó que ese hombre pudiera ser algo más que un interlocutor ansioso por compartir el tipo de anécdotas que casi nunca aparecen en los libros. Era su manera habitual de seducir, pero ella no se dio cuenta hasta que fue demasiado tarde.

El Pintor sabía que muchos temas eran asuntos prohibidos en el ámbito académico porque ocho años atrás también había navegado por aquellas aguas. Después de exponer ciertas obras polémicas, un tanto osadas para el gusto oficial, se vio obligado a trabajar en una oscura imprenta; experiencia que marcó para siempre su ánimo, incapaz de asimilar el desprecio o las amenazas. Su salida del ostracismo no le hizo olvidar la inmanencia de los censores. De ahí que pudiera entender perfectamente la pasión de Gaia por mamar de fuentes iconoclastas, y por eso no escatimó esfuerzos en proporcionar a la joven todo tipo de estímulos a su fantasía.

Para ella fueron semanas de turbia lucidez. Vivía en una perpetua exaltación del intelecto que, al mismo tiempo, le impedía distinguir con claridad lo que la rodeaba, consecuencia de un plan maestro que el propio vizconde de Valmont habría celebrado. Se reunían en cualquier punto de la ciudad y se sumergían en un universo que parecía habitado por sus propios fantasmas y demonios. Así llegó la tarde en que, seguro de su reacción, el Pintor se preparó para escalar la fortaleza que intuía tras la curiosidad de su amiga.

Antes del asalto, por supuesto, previó hasta el último detalle. Le resultaba imposible abismarse en la profanación de la carne femenina sin estar rodeado de comodidades; era de esas personas que no pueden separar el lujo del placer. Por eso la llevó a uno de los mejores bares de la ciudad, situado en la primera planta de un hotel. No era fácil entrar allí, pero él tenía sus contactos, a los que pagaba las generosas propinas que le permitían sus ingresos; y no porque su propia obra rindiera tales dividendos, sino porque había empezado a reproducir cuadros renacentistas para extranjeros: tarea que resultó ser un filón tan lucrativo como las legendarias minas de Zinnj.

Tras deslizar los billetes al portero, con ese ademán detectivesco que le encantaba lucir, subieron al bar rodeado de troncos de bambúes secos. La cortina tropical contrastaba con la bruñida superficie del suelo y con la repiqueteante cristalería que transportaban los mozos en sus bandejas. Los cocteles que rezumaban aguardientes olorosos a cañaveral, y embellecidos con rodajas de naranja y jardines de hierbabuena, se sumaron a la conversación, que él supo sazonar con imágenes sacadas de sus ídolos, donde figuraban los paraísos femeninos de Gauguin, la perversidad de Beardsley y la impudicia fotográfica de Hamilton. Gaia perdió la cuenta de los Mojitos, los Alexanders y los Bello-Montes que desfilaron frente a ella, enfrascada en seguir el hilo de un diálogo que requería la atención de todos sus sentidos; porque el Pintor, incluso inmerso en su labor seductora, no escatimaba referencias históricas ni juegos de palabras sobre sus personajes favoritos. Y ahí residía su mayor encanto. Era imposible rechazar las caricias de quien citaba a Catulo —"Mira adónde, mi Lesbia, por tu culpa / ha ido a parar mi alma..."— mientras rozaba con sus dedos la mano absorta. No fue nada extraño que ella lo siguiera, sin oponer resistencia, al elevador que los condujo a uno de los pisos más altos del hotel.

Apenas llegaron a la habitación, Gaia abrió las cortinas. Y fue como si el mar Caribe penetrara de golpe con ese esplendor único, capaz de herir mortalmente como sólo puede herir de belleza el mar de Cuba. Desde allí oteó la línea de la costa que ceñía a su ciudad. En ciertos trechos del malecón, la espuma salada embestía con el instinto de una bestia a la que han cerrado el paso, y su visión era suficiente para seducir sin remedio el alma que la contemplara.

Fascinada ante esa imagen, tardó un instante en percibir el aliento que retozaba sobre sus hombros. Fue entonces cuando reparó en las manos que emprendían la lenta y minuciosa labor de abrir la blusa.

—Nos van a ver —protestó débilmente.

Pero él ni siquiera se dio por aludido. Deslizó sus dedos hacia latitudes meridionales y palpó su ropa interior. Con delicadeza sopesó la firmeza de sus nalgas, la curva de sus caderas, la línea angulosa que descendía hasta la ingle... Gaia no se atrevió a hacer un solo gesto durante el tiempo que duró el examen. No estaba muy segura de que esos tocamientos fueran caricias o habría actuado en consecuencia. El instinto le indicó que debía permanecer ajena a esa suerte de reconocimiento. Una manipulación como aquélla pedía más bien ser aceptada que devuelta, ignorada que advertida; por eso lo dejó hacer, pese a que su nerviosismo aumentaba por momentos. Al rato, y sin que hubiera mediado palabra alguna, él se apartó suavemente, dejándola sola y confusa frente al balcón. ¿Qué haría ahora? ¿Permanecer de pie? ¿Seguir los movimientos del hombre? ¿Sentarse en la cama? ¿Tomar la iniciativa? Únicamente al escuchar un chirrido a sus espaldas se atrevió a volverse.

El Pintor buscaba algo dentro de una misteriosa carpeta que llevara consigo toda la tarde. En el bar, ella había notado los abultados compartimientos que, según imaginó, debían contener los esbozos originales de un lienzo que daría que hablar a los críticos: tal vez —supuso con expectativa— se tratara de un onírico paisaje postmodernista, o bocetos de un posible *happening*, o un enfoque novedoso del conceptualismo. En cualquier caso, allí se guardaría un indudable aporte a la cultura nacional; eso era lo que suponía Gaia... Silenciosamente se acercó a la cama. Para su sorpresa, en el cartapacio sólo vio ropas. Pero no cualquier tipo de ropas: eran piezas del inconfundible uniforme escolar.

—¿Te di permiso? —una venda oscura le cubrió los ojos.

Las manos comenzaron a desnudarla. Gaia se esforzó por prestarse al juego, pero el antifaz la ponía nerviosa. ¿Y si aquel hombre resultaba ser un maniaco sexual? ¿Y si era un asesino encubierto? ¿Y si tenía un cómplice en el hotel? ¿Y si la dejaba amarrada allí para hacerle después sabe-Dios-qué-cosas?

Una tela le cubrió la cabeza. Estuvo a punto de gritar, pero afortunadamente no llegó a hacerlo. La pieza de ropa se deslizó hasta su cintura: era una falda muy corta. Por los tanteos dedujo que tenía diversos broches, sin duda para permitirle encontrar la medida adecuada. Los dedos de la brisa acariciaron zonas de su piel que rara vez quedaban al descubierto. Eso le produjo una vergüenza inexplicable, lo mismo que si alguien aprovechara su vulnerabilidad para manosearla. Luego vino la blusa, que él dejó desabrochada a la altura de sus pechos.

—Estás perfecta —suspiró el Pintor—. Ven, siéntate aquí.

Nada en su experiencia anterior la había preparado para algo parecido; apenas se atrevía a moverse, mucho menos caminar. Imaginó cuán extraña debía de verse en medio de la habitación, con su indumentaria y los ojos vendados. A tientas, y venciendo un terrible embarazo, terminó por acomodarse sobre sus piernas.

Una culebrilla se deslizó entre los recovecos de sus orejas, serpenteó a lo largo del cuello y descendió, brincona, hasta los montes endurecidos. Se comportaba como un animalejo que saltara de cima en cima, provocando tremores en la superficie. Ladinamente prolongó su paseo por las cumbres mientras allá abajo, en una región cercana al trópico, dedos laboriosos tanteaban la abertura del sexo.

—Estás toda mojada, criatura. ¿Cómo es posible, si apenas hemos empezado la primera clase? Así no podremos avanzar mucho...

Pero Gaia se derretía literalmente sobre su regazo, sintiendo aquel otro latido que le azotaba los muslos. Tras unos instantes que se le antojaron siglos, escuchó su voz:

—Haz lo que quieras.

Obediente —¿qué otra opción tenía sino rendirse a los impulsos de su instinto?—, abrió las piernas para sentarse a horcajadas. Ahí estaba la bestezuela mortificante, la sádica que se movía gozosa después de haber sido liberada. Afincó sus rodillas sobre el colchón y, a ciegas, intentó capturar aquella criatura que había crecido insospechadamente; pero él la agarró por las muñecas para impedírselo.

—Así no —oyó que le decía—. Si la quieres, debes atraparla como hacen las niñas buenas, sin tocarla.

Su pelvis se afanó ansiosa, buscando la punta del ofidio esquivo; lo encontró, y su sexo lo engulló con la avidez de una madreperla que descubre, por fin, una partícula alimenticia para la futura joya que crecerá en ella. Intentó apresurarse, pero él la contuvo. Sintió que la lentitud del balanceo la exasperaba hasta la agonía. Deseó moverse con más rapidez para dar alivio al escozor, pero las manos que le atenazaban las muñecas controlaban sus movimientos.

—Prométeme que serás obediente —susurró con tono paternal.

Ella asintió.

—No te oí —la queja fue un regaño.

—Seré obediente.

Bajo la presión de sus puños cabalgó con lentitud, demorando el estallido que se acumulaba en sus labios. Dócilmente se dejó conducir como una virgen rota y alucinada. Él ordenaba y ella obedecía. No existía otra posibilidad. Se desbocaba siempre, pero él volvía a sujetar sus bridas. Sintió sus pechos húmedos entre los dientes voraces. Él le pidió su boca y después su lengua, sólo su lengua. Eso la enervó aún más. Ardía como una diablesa en el centro del infierno. Sus muslos temblaban ante el esfuerzo que debía hacer por mantener aquel ritmo que no la dejaba saciarse de una vez. Casi a punto del estallido, la forzó a detenerse.

—Ahora tomarás tu lección.

Y así, abierta y expuesta, la obligó a contestar un largo cuestionario en donde tuvo que inventar historias para su placer. Fueron maestro y alumna, padre e hija, confesor y novicia... La hizo transitar por toda una gama de vivencias que ella jamás hubiera aceptado de otro modo, pero que en la atmósfera secreta de aquel cuarto cobraban una validez perdonable. En el transcurso de esas dos horas fue seducida y manipulada por su amante, que asumía cada papel y la colocaba siempre al borde de un clímax que luego le escamoteaba. El final llegó durante la escena en que un profesor la forzaba a entregarse, a cambio de buenas calificaciones.

—Tendrás que portarte muy bien si quieres pasar de año.

Le alzó la falda del uniforme.

—Vamos a repasar la tabla de multiplicar.

Los dedos del hombre apartaron su ropa interior para colocarle entre los muslos el duro instrumento de castigo.

—¿Ocho por ocho?

—Sesenta y cinco.

—¿Ocho por ocho? —repitió.

Algo comenzó a inflamarse en ella mientras su maestro intentaba penetrarla.

—Sesenta.

Quiso escapar del dolor, pero las manos que la retenían le impidieron retroceder.

—Sesenta y siete.

La embestida le arrancó un quejido.

—Dime la tabla completa.

—Ocho por uno: ocho... Ocho por dos: dieciséis... Ocho por tres: treinta y cuatro...

Los movimientos siguieron el ritmo de las respuestas equivocadas, mientras él la sujetaba por las muñecas. Sus pechos fueron chupados y mordidos sin misericordia.

—Nueve por tres: once...

Pero ella quería que la humillaran, que la empalaran como él lo estaba haciendo.

—Nueve por cuatro: quince...

Porque era una gozadora innata; ya se lo había dicho su maestro.

—Nueve por cinco: treinta...

En adelante iría todos los días a aquella misma aula, se acostaría en la mesa y lo esperaría con la falda levantada para recibir su penitencia hasta que él decidiera que ya había aprendido su lección.

—Siete por cuatro: veintiséis...

El temblor embridado y oculto desde hacía horas se transformó en un sahumerio de gozo.

—Uno por uno: mil...

(Para que aprendas de una vez, zorra malcriada, calientahombres.)

Fue una sacudida de gusto, un bautizo natural. La cosquilla tibia que sube hasta invadir cada rincón del alma. Relámpagos de éxtasis. Un temblor inagotable, como si el universo se aprestara a ser parido. Otra creación: un nuevo big bang. Los labios de la vulva son pétalos que estallan. Me inflamo. Soy de púrpura. Soy un génesis de fuego. Me vuelvo luna, me vuelvo demonia. No me alcanza el tiempo para respirar. Clavo a Dios en mi entrepierna y Él me toca con sus dedos infinitos. Perderse en la nada de otro cuerpo, en el hueco negro de una vida que parece muerte... una pequeña muerte. Sangre de mi sangre, boca de mi boca, leche de mi leche.

En aquel instante mágico nació otro universo con sus dioses y sus herejías, con sus normas y sus leyes. Terminaba la prehistoria; empezaba el porvenir. Al igual que un Cristo sacrílego, el Pintor había borrado la huella de los santos precedentes. A partir de entonces sería «antes de...» y «después de...».

—Te has portado muy bien —le escuchó decir, aún exhausta—. Ahora vístete. Iremos a comprarte un helado.

III

Ésa fue su primera experiencia con él —una experiencia que se repetiría, engarzada a situaciones artificiales y absurdas; tan absurdas como su bien guardado secreto: a ese hombre, tan culto y elegante, se le hacía la boca agua con las niñas.

Era obvio que al Pintor lo enloquecían las púberes: la promisoria eclosión de su femineidad, el brote inminente de las curvas, su inocencia expuesta a la curiosidad del morbo... Sin embargo, jamás se hubiera arriesgado a ir más allá de una tímida caricia a alguna escolar incauta. Huía de la violencia y de todo lo que inspirara temor o desagrado. Así es que se contentaba con cazar a las jóvenes de aspecto infantil para educarlas a su manera.

Gaia reunía los requisitos convenientes: diecinueve años y una actitud de perpetuo desamparo. Por supuesto, no fue la primera ni la última víctima en la vida del Pintor, que siempre andaba tramando alguna nueva seducción. Gaia lo supo a través de sus propias confesiones, pero a ella no le importaban tales aventuras. Sus conquistas eran juegos; caprichos de artista. Se convirtió en una amoral. Mejor dicho, *él* la convirtió en una amoral cuando la convenció de que aquellos lances no tenían importancia, excepto para ser utilizados por ambos en la cama como material de inspiración. Eso le creó un extraño reflejo condicionado. Se excitaba sólo de oírlo hablar sobre lo que había hecho con otras mujeres; y esa táctica terminó por transformarlo en un fantasma imposible de eludir.

Por eso, tres años después de su muerte, todavía se masturbaba pensando en él. No había logrado despojarse de su influjo, especialmente porque nunca tuvo tiempo de prepararse para el fin. Una súbita enfermedad terminó con sus bromas eruditas y su imprevisible humor. Ella ni siquiera fue al hospital. Se sintió aterrada, incapaz de enfrentarse a la posibilidad de su pérdida. En el fondo guardaba la esperanza de que todo fuera una falsa alarma —incluso una broma macabra— o que se produjera una remisión milagrosa; pero finalmente no ocurrió ni lo uno ni lo otro. Alguien la llamó una mañana y le dijo que el Pintor había muerto. Entonces le dolió no haberlo visitado, aunque sabía de sobra —porque hablaron de eso muchas veces— que él habría hecho igual. Ambos compartían el mismo terror patológico por la muerte; y estaba segura de que, en el fondo, él imaginó lo que pasaba por su cabeza. De cualquier manera, siempre cargaría con la agobiante impresión de que pudo haber hecho algo: un rezo, una oración o un ritual mágico. Pero su miedo era tan grande que abolió toda respuesta; algo que no se perdonaría nunca. Quizás debió decirle que aún lo amaba... Aunque ¿era cierto? ¿No sería todo una obsesión malsana?

Ese angustioso torbellino de ideas no fue nada comparado con la oscuridad que la invadió después, como si su espíritu se hubiera transformado en una sustancia volátil y devastada. Se dio cuenta de lo que ocurría cuando los meses comenzaron a transcurrir sin que su libido diera señales de vida. Pasó de la sorpresa al desespero, de la pasividad a las caricias; pero su antiguo eros había desaparecido. Abandonó todo esfuerzo cuando se convenció de que explorar aquel vacío era como intentar revivir un cadáver.

«Ya está», concluyó al sospechar que su frigidez sería definitiva. «Ahora podré parecerme a sor Juana Inés de la Cruz.»

No se opuso a lo que creyó irremediable; todo lo contrario. A grandes males, grandes remedios. Decidió encerrarse en un convento. No era católica. Ni siquiera estaba segura de que Dios existía, pero siempre podría esforzarse y fingir lo contrario. Ya lo tenía casi resuelto cuando Claudia, una estudiante de su facultad, le advirtió que la vida en un convento era muy diferente a lo que ella imaginaba: no podría pasarse todo el día en su celda, recibiendo comida por un orificio y leyendo hasta las tantas de la noche cualquier libro que cayera en sus manos; tendría la obligación de rezar muchos rosarios, atender enfermos y cuidar de un jardín. Claudia estaba segura de eso porque —años atrás— su mejor amiga se había hecho monja y, antes de entrar al convento, le había contado los pormenores de su nueva existencia... Gaia la escuchó por cortesía. Nada la haría desistir: una mujer que ya no era mujer sólo podía pertenecer a un claustro. Como santa Teresa de Jesús. Como santa Brígida de Irlanda. Únicamente abandonó la idea cuando se enteró de que era obligatorio levantarse al amanecer para ir a misa.

«¡Eso sí que no!», pensó, indignada. «Yo no estoy para nadie hasta las diez de la mañana. Ni muerta pondré mi despertador a esa hora.»

Tuvo que resignarse a su rutina de estudiante, saturada de reuniones interminables; y a la aridez de lo cotidiano, siempre histérica por las colas para conseguir comida y harta del constante bombardeo de las vallas que anunciaban una guerra que jamás llegaba.

Y en medio de su ascética vida —o quizás a causa de ella—, las pesadillas habitaron sus noches. El Pintor estaba en todas. No lograba apartarlo de sus sueños; se manifestaba disfrazado de cualquier cosa que sólo reconocía al despertar: en los rostros de amigos que le provocaban humedades y en los gestos incestuosos de familiares; reencarnaba en extraños animales que nacían de ella, y en objetos que lanzaba al océano y en seguida luchaba por recuperar.

Por si fuera poco, continuaba sin tener relaciones con nadie. Se sentía sola, aislada, condenada al destierro entre tantos hombres. La humanidad se había convertido en una masa de criaturas sin atractivo ninguno. Fue Lisa, su amiga de la infancia, quien la conminó a hacer algo.

—No puedes seguir así —le dijo una tarde en que la acompañaba hasta la parada.

—Ya lo sé —admitió Gaia—. Voy a sacar un turno para el médico.

—¿Otro más? ¿A cuántos has visto este año?

—Cuatro o cinco.

—Así no vas a curarte.

—¿Y qué quieres que haga? Iría hasta el Santo Sepulcro si supiera que iba a salir de este hueco.

Llegaron a la parada repleta de personas.

—¿Harías cualquier cosa, con tal de zafarte del trauma?

—¿Qué te crees? ¿Que soy masoquista?

—Entonces vamos a lo de tía Rita.

—¿Es psiquiatra?

—Es mi *iyalocha*.

—¿Tu qué?

—Sabe tirar los cocos y ha ayudado a mucha gente con problemas peores que el tuyo. Ella te dirá qué hacer para acabar con tu obsesión.

—¿Vas a llevarme a una santera?

—Como los médicos no te curan...

—¡Estás loca! Yo no creo en esas cosas.

—No te hagas la intelectual.

—No me estoy haciendo nada, Lisa.

33

—Una vez me dijiste que creías en la magia, ¿no te acuerdas? Después de leerte aquel libro...

—Sólo te comenté que las hadas podían ser restos de energías psíquicas: entidades que se han vuelto reales después que tanta gente las ha invocado.

—¿Y los orishas no?... ¿O piensas que porque tus hadas sean irlandesas y blanquitas son mejores que nuestros santos negros?

—Por favor, Lisa, no estoy para esa descarga.

—Es que hablas sin saber.

—Me basta con lo que sé —dijo Gaia, y su tono creció como una ola que anuncia tempestad—. ¡Y bastantes rollos tengo ya en mi vida! No quiero que me enredes más.

—Te guste o no, son nuestras deidades.

—Y superstición de la buena.

—Un día de éstos te vas a llevar un susto, por irreverente.

—Perdóname, pero tú sabes cómo pienso.

—El caso es que no puedes seguir así o vas a terminar igual que tu adorable tormento: en una tumba... Iremos a que tía Rita te consulte.

—Pero, Lisa, si ni siquiera estoy segura de que exista un dios, ¿cómo voy a creer en varios?

—Vendrás conmigo y se acabó —dijo su amiga, terminante—. No vas a perder nada y puedes ganar mucho.

Convencida de que Lisa no la dejaría en paz hasta salirse con la suya, optó por seguirle la corriente.

—¿Le has hablado de mí a tu tía?

—Déjame aclararte algo antes de seguir. Rita no es mi tía, sino mi madrina de religión —y añadió en voz baja—: Tengo hecho santo.

Gaia abrió la boca, pero no pudo hablar.

—No me mires con esa cara —rezongó su amiga.

—Es que no puedo creerlo.

—No seas idiota, chica. Aquí todo el mundo camina pa'l monte.

Gaia tardó unos segundos en digerir el significado de la frase.

—Entonces ¿por qué le dices tía Rita?

Lisa se encogió de hombros.

—Todos la llaman así.

—¿Y ella sabe de mi problema?

—¡Claro que no! ¿Te piensas que yo ando por ahí contándole a la gente tus cosas? Además, ella no necesita que le digan. Tiene sus propios medios para averiguar.

IV

Y por eso estaba ahora en aquella encrucijada: porque el oráculo había hablado por boca de tía Rita, una santera descendiente de gallegos que vivía en Guanabacoa.

35

Tres días antes, sentada sobre una estera que ocupaba la mitad de la habitación, la anciana había lanzado varias veces los cuatro trozos de cáscara de coco, casi grises por el uso, murmurando *obí are* antes de cada lanzamiento; y a cada pregunta los dioses habían dado una respuesta. Al final, logró resumir la situación de Gaia de un modo que hizo persignarse a su propia ahijada.

—Elegguá dice que deberá ponej'le miel en una esquina de su casa —la mujer hablaba con los ojos en blanco y tragándose letras—. Sin eso no podrá ayudaj'la.

—¿Elegguá? —repitió Gaia.

—Es el orisha que abre y cierra loj caminoj —explicó la vieja—. Usté solita se lo ha cerrao poqque tiene el espíritu de un muerto atrá, y no hace na' por zafarse d'él. Eso no la deja vivir.

Gaia observó a Lisa. Su expresión fue la mejor prueba de que ésta no le había contado nada a la mujer.

A esto siguió una serie interminable de preguntas que las cáscaras iban contestando negativa o afirmativamente, en un lenguaje casi binario que obligaba a interrogar de nuevo. Guiada por cada respuesta, la mujer formulaba otras preguntas hasta encontrar causas y soluciones.

—Usté va de la mano con Oyá y Oshún —le dijo la anciana, y al notar la mirada de Gaia le aclaró—:

Oshún Awé, la que llora al muetto, la que ya no se parece a ella.

—¿Por qué no se parece a ella? —se atrevió a preguntar Gaia.

—Poqque no ej la Oshún de siempre, poqque ya no se ocupa de suj zalameríaj con los 'ombre.

—¿Oshún es como Venus?

Lisa le dio un codazo a su amiga para que se callara. La santera abandonó por un instante su actitud de trance para observarla con aire suspicaz.

—Oiga, joven, ¿usté entiende algo de esto?

—Tía —intervino Lisa—, mi amiga quiere saber; pero tendrá que explicarle mejor porque ella es una ignorante.

—Haberlo dicho antes, m'hija. Vamos a ver —carraspeó para concentrarse—: Empecemos por Oshún, la que guía en cuestiones de amor...

—Pero usted dice que llora a un muerto.

—¡Déjame terminar! Como toda orisha que se respete, Oshún tiene muchos caminos: puede ser Oshún Aña, que enloquece con los tambores; Oshún Yeyé Moró, que siempre está de juerga; Oshún Fumiké, que se enternece con los niños... Pero la que veo junto a usté es Oshún Awé, la tristona; a ésa, ni Shangó la alegra.

—Shangó es un dios guerrero, ¿no? —aventuró Gaia, recordando vagamente una leyenda.

—Sí. Y es el orisha del trueno y de la hombría,

37

siempre vestío de rojo —alzó la vista para mirarla—. Usté también va guiá por Oyá, que es otra de sus mujeres...

—¿Shangó tiene dos mujeres?

La anciana se echó a reír.

—Él tiene todas las que se le antojan, pero sólo tres son las oficiales. Oshún es una de ellas; Oyá es la otra; y también la pobrecita Obba, que se cortó una oreja para demostrarle su amor, por un mal consejo de Oshún...

—¿Cuál consejo? —interrumpió Gaia.

—Oshún le aseguró que el plato favorito de Shangó era la sopa de orejas; pero no era cierto. Por eso Obba nunca ha podido perdonarla. Ahora tiene que andar todo el tiempo con un pañuelo amarrado en la cabeza.

—¿Y esa Oyá está triste o alegre? —preguntó Gaia, intentando recuperar el hilo de la conversación.

La santera la observó con una expresión que oscilaba entre la lástima y la incredulidad. Luego se volvió a su ahijada, y su mirada fue tan elocuente que incluso Gaia la comprendió. Parecía preguntar: ¿a quién diablos me has traído, muchacha?

—Explíquele más, tía —la animó Lisa—. Ya ve lo despistada que anda la pobre.

La anciana suspiró, casi resignada.

—Oyá está por encima de esas cosas, niña. No creo que se sienta triste ni alegre, sino más bien... apagada; y puede que a veces se enfurezca, aunque sólo si la atacas o le faltas el respeto. La mayor parte del tiempo anda ajena a lo que otros puedan sentir por ella.

—¿Por qué?

—Porque los vivos le somos indiferentes. Ella reina en los cementerios y es dueña de la tempestad —se detuvo un momento para estudiar el semblante de Gaia—. Entre los muertos, Oyá se mueve como en familia; y ahora, para más desgracia, se ha juntao con Oshún la triste. Así mismo anda usté: carcomía por el deseo hacia un muerto. Y ese muerto no la deja en paz... Tiene que hacerse una limpieza de cama.

—¿De cama? —se asombró Gaia—. ¿Las limpiezas no se hacen con yerbas?

—Sonará raro —admitió la mujer—, pero eso es lo que dicen los santos: pa' sacarse a ese muerto tiene que buscarse a un vivo... y uno muy especial, tan especial que no entiendo bien lo que me dice el *obí*. Sólo sé que es alguien relacionado con Inle.

—¿Quién es ése?

—Otro marido de Oshún.

—¿También es guerrero?

—Inle es médico y pescador.

—Estás de suerte, m'hijita —susurró Lisa.

—¿Por qué?

—Es un tipo precioso.

—¿Sí?

—Es tan bello que otra orisha se lo quiso robar —añadió la santera.

39

La palabra «orisha» la hizo volver en sí. ¿Qué le importaba que un santo fuera mejor o peor parecido? Ni que fuera a salir con él.

Se dirigió a la anciana:

—¿Y ese Inle me puede ayudar?

—O alguien relacionado con él; no estoy segura —la mujer vaciló un poco, antes de añadir—: Es que a Inle no le gustan los cocos y no entiendo bien lo que me dice. Pero voy a hablar con Elegguá, que es mi regencia.

—¿Su qué?

—Su orisha protector —le sopló Lisa.

La anciana lanzó los trozos al suelo.

—¿Ese vivo vendrá a ella? —observó la posición de los cocos—. No.

De nuevo arrojó las cáscaras.

—¿La joven tendrá que ir a buscarlo? —y, al ver su emplazamiento, susurró para sí—: Lo que se sabe no se pregunta.

Volvió a lanzar.

—¿Deberá buscarlo en esta ciudad?

La misma respuesta.

La santera continuó interrogando a aquel oráculo que exigía un poder de deducción digno del legendario inquilino de la calle Baker. Al cabo de cinco minutos, su mano se cerró sobre las cáscaras.

—Hay un lugar donde se come —anunció, observando a Gaia con fijeza—. Usté debe ir allí y sentarse a esperar. Su salvador la hallará en ese sitio.

—¿Cómo se llama el lugar?

—Eso es asunto suyo —se quedó mirando al vacío, como si intentara escuchar mejor—. Tiene un nombre raro. O extranjero. No sé... Algo que no es de aquí.

—Hay muchos restaurantes y cafeterías con nombres raros. ¿No puede ser más precisa?

La mujer suspiró y lanzó de nuevo los cocos, indagando en cada tirada por una zona diferente de la ciudad.

—Busque por el Vedado —dijo finalmente.

V

Pese a su escepticismo inicial, la exactitud con que la santera describiera su relación con el muerto la llevó hasta ese rincón... sin muchas esperanzas, por cierto; y no porque dudara de su excepcional clarividencia, sino porque estaba segura de que no la dejarían entrar en un sitio reservado sólo para turistas y diplomáticos.

Mientras se acercaba, repasó diversas excusas; trató de imaginar cuál sería la más plausible y al final decidió decir lo primero que se le ocurriera, aunque imaginó que todo sería inútil. Seguramente la echarían de allí a cajas destempladas. Respiró hondo y se aproximó al portero. Fue entonces cuando quedó convencida de la validez del oráculo. El autómata humano ni siquiera notó su presencia. Antes bien, hizo algo insólito: abrió la puerta y se apartó para permitirle el paso.

Lo había previsto todo, menos aquello. Se internó en la atmósfera helada, sintiendo que andaba sobre nubes. La puerta se cerró a sus espaldas y durante unos segundos permaneció inmóvil hasta que sus pupilas se adaptaron a las tinieblas. Eso le permitió acercarse al bar, situado a un costado de la entrada. Allí se sentó en un rincón, estremecida ante el doble milagro, pues —para colmo— era época de vacaciones y el local debería estar repleto de extranjeros; sin embargo, sólo algunas sombras se movían en la oscuridad. Encargó un Mojito, aún sin creer lo que estaba viviendo; pero hizo un esfuerzo por comportarse a la altura de las circunstancias, es decir, como si no sucediera nada fuera de lo común.

Cuando acabó su trago, se dedicó a pescar del vaso la hierbabuena. Una tras una fue masticando las hojas mentoladas hasta que sólo quedó un tallo oscuro flotando entre los hielos. Miró su reloj. Eran cerca de las diez de la noche. Pidió otro Mojito. A cada instante se volteaba para observar las figuras que entraban o salían, pero no distinguió a ningún promisorio varón. Al cabo de media hora decidió irse. Apenas extendió el billete, temiendo represalias cuando des-

cubrieran que no tenía dólares, una mano se posó sobre la suya.

—Pago yo.

La penumbra era casi lobreguez, pese a la luz
arrojada por algunos faroles que pretendían ser ha-
waianos, melanesios o de algún otro paraíso engañosamente primitivo. La mano que aún descansaba sobre la suya resultaba delicada al tacto, pero a su
dueño no consiguió verlo bien.

—Eri —se presentó el hombre.

—Gaia —contestó ella, estrechándole la mano.

—La Madre Tierra.

—¿Cómo?

—Te llamas como la diosa griega.

—Ah, sí —suspiró ella, y trató de sonreír—. Mis
padres querían que yo fuera especial a toda costa,
pero eso del nombre no siempre funciona.

—Te invito a cenar.

—Es que...

—No te preocupes, tengo dinero.

Sin embargo, ésa no era la causa de su titubeo.
¿Habría querido decir que tenía dólares? En aquella época, a ningún cubano le estaba permitido semejante lujo. ¿Sería un contrabandista? ¿O quizás uno
de los pocos funcionarios autorizados a manejar divi-
sas extranjeras? ¿Tal vez un músico o un pintor «oficial»? Pero ni su voz ni sus ademanes le resultaron co-
nocidos.

—Bueno —consintió.

Ocuparon una mesa apartada. Mientras la ayudaba a sentarse, un pensamiento la dejó paralizada. ¿Y si se trataba de un alto militar, de un viceministro, o de algo semejante? Ella no quería tratos con esa gente. Sólo la recomendación de la santera impidió que buscara cualquier excusa para marcharse.

—En seguida les traigo la carta —prometió un camarero.

—¿Qué hacías en el bar? —preguntó su acompañante—. ¿Esperabas a alguien?

—No... Sí... Es algo complicado.

—A lo mejor me esperabas a mí.

Ella se sobresaltó. Habría jurado que la expresión del hombre era divertida. Bajo la escasa luz, trató de adivinar sus rasgos. Ora se le antojaba un fauno, ora un pez, ora un macho cabrío, como si su rostro fuera una máscara que se derretía constantemente, igual que el marciano solitario en aquel cuento de Bradbury.

—¿Te gustan los mariscos? —aventuró el hombre.

Gaia respiró con cierto alivio.

—Mucho —decidió arriesgarse—, pero ya sabes cómo es este país.

—Hoy es una noche especial —afirmó su anfitrión—. Podrás comer lo que quieras.

El camarero llegó con la carta. Ella casi se desmayó al ver el listado, que se le antojó una parodia de aquel capítulo bíblico donde los nombres forman una longaniza genealógica que no termina nunca, aunque en ese menú no aparecía descendencia real alguna; sólo platos creados para condimentar la imaginación: Langosta Borracha, Frutas en Cópula sobre un Lecho de Crema, Sardinas Licenciosas a la Italiana, Bistec de Semental, Tortillitas Amorosas, Pollo Estilo Burdel, Remolacha Kama-sutra en Crema Agria, Alcachofas Genitales, Hidromiel a la Griega... Pero más extraordinario que la variedad de platos fue el hecho de que no viera por ningún sitio la consabida aclaración de que sólo estaban disponibles por dólares. Cuando alzó la mirada, tropezó con los ojos de Eri que la observaban como un gato a un ratón.

—Tú trabajas aquí, ¿verdad?

—No.

—¿Y cómo sabías...?

—Eres muy curiosa. ¿Qué vas a pedir?

Los Camarones en Salsa Báquica fueron servidos en fuentecillas ovaladas donde los mariscos yacían como en un diván. En aquel néctar oloroso a vino, canela y azúcar, los trozos de carne rosada y casi fosforescente refulgían bajo la luz de las velas.

Detrás llegó la Sopa de Testículos de Toro, fuertemente sazonada. Gaia comenzó a transpirar como si sus poros también quisieran gozar de aquella vahara-

45

da picante. Su pareja sorbía el caldo sin decir palabra, mirándola entre los vapores. En la penumbra, sus ojos adquirían una luminosidad intensa; pero ella no quiso mostrar temor o embarazo, y adoptó una expresión de lejana indiferencia.

Las Almejas Eróticas a la Vvikinga vinieron adornadas con perejil. Resultó una verdadera fiesta verter el limón y la mantequilla derretida sobre cada valva, cuidando de que la mezcla no chorreara mientras era bebida de la misma concha.

Después de esto, Gaia quiso dar por terminada la cena, pero su acompañante no se lo permitió. Nada de irse hasta que no probara lo que había encargado para ambos. Cuando el camarero levantó la tapa de una cazuela para mostrar lo que aún se cocía en su vientre, ella no pudo contener un suspiro. Ostras, mejillones, cangrejos, ostiones y otros restos marinos, flotaban, se enroscaban o confundían en el mar dulcemente avinado donde se había cocinado esa Orgía Marisquera.

A decir verdad, Gaia había sido extremadamente parca en su afirmación acerca de sus preferencias. Los mariscos no sólo le gustaban, sino que la enloquecían. Las pocas veces que los había comido, se transmutaba en algo que ni ella misma lograba definir. Le fascinaba el ruido de los carapachos rotos, el crujido de las muelas al deshacerse bajo las pinzas metálicas, el placer de arrancar la carne de las conchas... Eran procesos que despertaban en ella un ansia remota e indescifrable como el anticipo de un orgasmo.

Los mariscos desaparecieron rociados con vino blanco. Dos minutos después, el camarero destapó la fuente humeante donde reposaba una enorme Langosta Libertina. Los vegetales y las especias, cocidos en mantequilla, se mezclaban con los trozos de carne blanca ahogados en champán. ¡Y qué delicia bucear en los dorados carapachos para sacar la masa fragante a tomillo y pimienta!

Gaia se declaró incapaz de seguir comiendo, pero Eri aseguró que no debía irse sin probar los deliciosos Cojoncillos de san Pedro, hechos con una pasta de buñuelos muy acanelada, en forma de pequeñas esferas colocadas por pares, y mojadas en abundante almíbar... Sólo cuando terminó de beber su último sorbo de vino, se dio cuenta de que había tres botellas vacías sobre la mesa. No se sentía mareada, sino curiosamente agitada.

—Si te digo algo, ¿prometes no reírte?

—Bueno.

—Me siento surrealista.

—No hay nada risible en eso —respondió él, jugueteando con su vaso—. Vivimos en un país surrealista.

—Ya lo sé, pero me parece como si estuviera en otra dimensión... Es Cuba, pero al mismo tiempo no lo es.

—A ver, ¿cómo es eso?

—Nos dejaron entrar aquí sin hacer preguntas, hemos comido... —se detuvo—. ¿Ya pagaste?

—Sí —su anfitrión se había puesto de pie y la ayudaba con la silla.

—¿Seguro? —insistió ella—. No vi que el camarero trajera la cuenta. No te vi sacando dinero.

—Vamos, todo está en orden.

—Todo no está en orden —murmuró ella, pero se dejó llevar a la noche.

Afuera la atmósfera fluía densa. Las pocas luces que iluminaban el corazón de La Rampa tenían un brillo húmedo, igual a esas imágenes fílmicas donde los colores del neón resplandecen sobre el asfalto espejeante de las calles. Gaia decidió que no era su imaginación: estaba en otra Habana. Era como si la ciudad hubiera resuelto mostrar otro rostro, ese que siempre había ocultado.

Una idea fue creciendo en su mente. ¿Acaso las ciudades tenían alma? ¿Era posible, bajo ciertas condiciones, descubrir la comarca oscura donde se esconde su verdadera esencia? ¿Habría penetrado, sin darse cuenta, en el espíritu de una metrópolis plagada de brujos que tal vez hubieran creado un espacio donde existía lo prohibido? ¿Sería ésa la zona hacia la cual escapaban los sueños y las represiones de sus habitantes? Porque si eso era posible, ella estaba en su mismo centro, tras cruzar el paso invisible hacia otra dimensión. De algún modo había caído en ese Shambhala caribeño, junto a una criatura perteneciente a aquella región escurridiza. O quizás estaba viviendo los resultados de un hechizo.

—¿Qué te pasa?

—No me siento bien.

—¿Estás mareada?

—No sé. Creo que sí.

—Mi consultorio está cerca. ¿Quieres que vayamos?

—¿Eres médico?

Por toda respuesta, la tomó del codo para ayudarla a sortear un hueco de la acera.

—Vamos.

Lo siguió sin chistar. ¿Un médico? Gaia rumió la revelación mientras ambos caminaban por las desoladas calles. ¿Era sólo una coincidencia o existía un truco detrás de todo? Tres minutos después entraron en un edificio y Gaia se detuvo en el vestíbulo desierto.

—¿Qué ocurre?

—Esto no es un hospital.

—Nunca te hablé de un hospital, sino de un consultorio.

Ella no supo qué decir. Algo andaba mal, pero de momento no pudo determinar dónde estaba el problema. Quizás fuese culpa del vino.

Las puertas del elevador se abrieron con la presteza de una planta carnívora pronta a devorar cualquier insecto; y las pupilas de Gaia, asustadas por aquel contraste de claroscuros, se contrajeron ante el primer baño de luz que recibían en muchas horas. Fue también la primera oportunidad de ver bien a su acompañante.

Era hermoso, mucho más hermoso de lo que intuyera en la penumbra; de una piel acanelada y tersa, como la que sólo pueden tener los mulatos dorados de su país, fruto de esa mezcla que España y África legaran a su isla. Tenía los ojos de un verde leonado que le recordó la descripción de aquellas praderas asturianas tan añoradas por su bisabuelo, un aventurero oriundo de Villaviciosa que había desembarcado en Cuba un siglo atrás. Casi se avergonzó de su propia piel, de una palidez ridícula en un país que había engendrado toda la gama posible de tonalidades en el ser humano.

Seis pisos más arriba, la puerta se abrió. La consulta quedaba frente al elevador. Él entró primero y encendió una luz.

—Pasa, no te quedes ahí parada.

—Esto no es un consultorio.

—Es mi apartamento.

De pronto supo qué era lo que andaba mal.

—Nadie tiene consultas privadas en su casa.

—Los profesionales viejos, sí —repuso él sin inmutarse—. Esto era de mi padre.

La columna vertebral del apartamento era un pasillo largo y sombrío, que terminaba en una puerta semiabierta. Allí el hombre encendió otra luz que, a juzgar por su amarillez, sólo podía provenir de una lámpara.

—¿Vas a entrar o no? —la conminó desde el interior.

Gaia se aventuró a explorar lo que semejaba ser un consultorio de los años cincuenta.

—Siéntate —dijo él, indicándole una silla.

La tomó de un brazo y sostuvo una de sus muñecas entre los dedos. Al cabo de varios segundos, colocó una palma sobre su frente y otra en su nuca. Aquello le produjo a Gaia un alivio inexplicable; una bolsa de hielo sobre su cabeza no hubiera surtido mejor efecto. Por último, el hombre deslizó sus dedos sobre el plexo solar, manteniéndose a unos centímetros de la piel, sin tocarla. El examen aumentó en ella la incómoda sensación de que el universo andaba patas arriba. De nuevo era algo que *parecía*, pero no *era*; es decir, todos esos procedimientos parecían exámenes de algún tipo, pero no estaba segura de que fuesen médicos.

—Tienes la presión un poco baja —dictaminó—, aunque no mucho. Y estás algo tensa.

—¿Cómo puedes saber mi presión sin haberla medido?

—Pero si lo hice...

—¿Sin ningún equipo?

Él sonrió.

—Yo no necesito equipos para eso.

—Tiene que ver con los chinos, ¿verdad? —inquirió ella con voz insegura—. Una especie de acupuntura...

—¿Sabes una cosa? —la interrumpió—. Debería darte un masaje.

—¿Qué?

—No te preocupes —prosiguió él, quitando unos papeles de la camilla—. No voy a cobrarte.

Gaia observó sus movimientos, tratando de adivinar sus intenciones.

—Los médicos no recetan masajes; mucho menos los dan.

—Nunca te dije que fuera médico. Soy masajista, igual que mi padre.

Gaia escrutó la expresión de su rostro. Se resistía a confiar en alguien sin otras referencias que las que él mismo había dado.

—¿Quieres que te muestre mis títulos? —su ofrecimiento la tomó por sorpresa—. Están ahí, en la pared.

—Podrían ser de tu padre.

—Únicamente los que están a la izquierda. El resto es mío.

Gaia revisó los diplomas, algunos de los cuales estaban escritos en lenguas desconocidas. Se fijó en las fechas y logró encontrar lo que buscaba: los de la izquierda, en efecto, se remontaban a unas cuatro décadas atrás; a la derecha, se hallaban certificados expedidos cinco o seis años antes. Pero ¿y si ese lugar era de otra persona? Rechazó la idea de inmediato. Después de todo, él no podía haber previsto que se toparía con ella. Y en el supuesto caso de que su encuentro hubiese sido preparado, le habría resultado imposible saber que ella se sentiría mal y mucho menos que aceptaría ir con él hasta ese sitio. No, la previsión humana tenía un límite. Aquel apartamento era suyo, y los diplomas también.

Cuando apartó la vista de la pared, Eri la observaba pacientemente. Su actitud era la de un adulto que espera por la decisión de un niño. Casi avergonzada, se escurrió detrás del biombo.

—Hay toallas limpias en las gavetas —escuchó.

Se despojó de su vestido y, tras dudarlo un poco, se sacó la ropa interior. En el mueble encontró una enorme toalla con la que se envolvió.

Antes de empezar, Eri apartó la lámpara hacia la pared. Haciendo presión con los dedos, fue tanteando rincones dolorosos a lo largo de su columna. Poco a poco el empuje se transformó en fricción. Las manos embadurnadas en aceite bajaban a lo largo de la espalda, se apoyaban en la cintura y penetraban en los músculos de sus costados. Un sopor se extendió por la habitación. En cierto momento, Gaia dejó de sentir las manos sobre su piel y volvió la vista hacia el espejo. ¿Cuánto tiempo hacía que nadie la tocaba? Se abandonó a una dulce soñolencia. Las manos se deslizaban y se hundían en su carne, frotando incluso su nuca. Alivio, placer, olvido: imágenes de otro mundo poblaron su letargo. El Pintor sonreía. El Pintor la buscaba. El Pintor regresaba una y otra vez con la insistencia de un íncubo, porque él la había acariciado para que nunca pudiera olvidarlo. Ahora su fantasma volvía a pulsar las mismas cuerdas.

Gaia entreabrió los párpados. Ya las manos no pulían; ahora se deslizaban en una caricia, bajaban hasta los muslos y volvían a trepar. Cerró los ojos para abandonarse al contacto. Debió de quedarse dormida. Al abrirlos otra vez, sintió un sonido zumbante y mecánico que se deslizaba sobre sus corvas. Trató de volverse, pero no pudo: tenía las manos atadas a los costados de la camilla. Intentó patear, mientras el pánico trepaba por su pecho al descubrir que también sus tobillos estaban sujetos.

—Voy a gritar si no me desatas.

Él se agachó junto a ella.

—Te juro que no haré nada que pueda lastimarte —su voz era suave, casi profesional—. Sólo quiero curarte.

—¿Curarme de qué?

—De tu mal.

—¿Te envió tía Rita?

—No sé de quién hablas.

—Seguro que...

Él le cubrió la boca con una gasa.

Impotente primero, rabiosa después, bufó bajo la mordaza; pero su ira estaba más dirigida a ella misma que al hombre. Qué estúpida había sido. ¿Cómo pudo dejarse engañar así? Pronto comprendió la inutilidad de sus esfuerzos y decidió permanecer tranquila, dispuesta a soportar aquella situación que acumulaba en sus nervios una carga explosiva. El cataclismo se precipitó cuando una mano se deslizó entre sus muslos y exploró su interior húmedo. La gasa no fue suficiente para contener sus gemidos de placer.

Con un brazo, el hombre la alzó por la pelvis; con el otro, la colocó sobre un banquillo. Lento y exasperante, el aparato se aproximó a esa región donde se acumulan los instintos. Casi en contra de su voluntad, disfrutó del movimiento que imperceptiblemente se fue convirtiendo en penetración. Hasta entonces había creído que aquel instrumento era casi cuadrado; ahora le pareció más bien tubular.

Una caricia oleaginosa la dejó rígida, a medio camino entre el temor y la excitación, al comprender que estaba siendo preparada para otro tipo de asalto. Sólo un momento se revolvió en su sitio, pero en seguida renunció a sus vaivenes de culebra. De cualquier modo, no había nada más que hacer; sólo aguardar a que pasara todo. Cerró los ojos y se abandonó, dejando la entrada posterior al arbitrio de un animal resbaloso y persistente que poco a poco se internó entre los pliegues de su intocada carne —una vía que se hollaba por primera vez—, mientras el instrumento tubular continuaba ronroneando en el umbral de su vulva como un felino satisfecho.

No se requirió mucho tiempo para que un temblor distinto hiciera crujir la camilla. Provenía de territorios donde las leyes eran simples e impetuosas. Nacía de parajes a merced de los atavismos. Era la eclosión del instinto, el brote de una fuerza que surgía de aquella doble emboscada. Se resistió al orgasmo, más por orgullo que por instinto. No quería. No le daría el gusto. Pero todo en su interior se incendiaba, a merced del doble asalto donde la cosquilla masturbatoria y el empuje del miembro aceitado se fundían en una sola fuente de voluptuosidad. Luchó contra su propio placer, pero el forcejeo no hizo más que aumentarlo. Gimió ahogadamente. La tensión se hizo intolerable, y sus sentidos alcanzaron esa zona del cerebro donde las experiencias paranormales se funden con el nirvana. Fue inundada por elixires hirvientes. Su garganta —prisión abierta apenas él le arrancó la mordaza— pobló de quejidos la noche; pero nadie la oyó. Y nadie la habría oído aunque hubiese gritado para pedir ayuda: aquel ala del edificio sólo albergaba oficinas vacías a esa hora de la madrugada...

Cuando sus muñecas y tobillos fueron excarcelados, él se comportó como un amante tan solícito que ella casi se arrepintió de su furia. Sintió los besos cayendo a raudales sobre su espalda y sus muslos, sobre sus pechos y rodillas: caricias volátiles y diminutas como libélulas que le arrancaron suspiros de alivio. El torrente no se detuvo hasta que ella misma tomó su rostro entre las manos y lo besó largamente. Sólo entonces él recogió su ropa y empezó a vestirla con cuidado, como si se tratara de una niña. Ella lo dejó hacer, pero volvió a experimentar un amago de inquietud. ¿Habría sido juicioso seguir los consejos de la santera? Aún dudaba si aquel violador complaciente sería la ruta apropiada para su salvación. Lo peor de todo era que ni siquiera se sentía ultrajada por lo que acababa de ocurrir. ¿Quién era ese hombre? ¿Cómo podía conocer tan bien cada resorte de su cuerpo? ¿De qué manera se las arreglaba para tensar sus nervios hasta que ella respondía para entregarse con el mayor placer? Sobre todo, ¿debía seguirlo viendo?

—Tendrás que confiar en mí.

Gaia se sobresaltó. Eso de que alguien respondiera a sus pensamientos no se encontraba entre sus experiencias preferidas.

—Para probarte que hablo en serio, te invito mañana al teatro.

Ella no creyó lo que oía. Después de aquello, ¿el teatro?

—Ya ves que no te hice nada malo —comenzó a secarla con una toalla—. ¿Lo pasaste bien?

—No, tuve miedo.

—Era sólo un juego, bobita. ¿No te gusta jugar?

—Depende.

—A mí me fascinan los juegos —confesó él—. Me gusta jugar porque me gustan los riesgos, y cada riesgo implica un poco de peligro. Peligro de perder o de ganar... Esta noche, por ejemplo, ¿te he ganado o te he perdido?

Gaia no contestó. En realidad, no sabía qué decir. Él repitió la pregunta de una manera menos directa.

—¿Vendrás mañana al teatro? —sonrió con inocencia—. Estaremos rodeados de gentes, así es que no podré atarte a ningún sitio.

Gaia demoró unos segundos en responder. Parecía una propuesta segura, con riesgo mínimo. Sopesó posibles trampas, pero no logró entrever ninguna.

—Bueno —asintió.

Él la ayudó a vestirse.

—Mañana te enseñaré algo —regresó la lámpara a su posición inicial.

—¿Qué cosa?

—Es un secreto. Después de la función te daré una frase y un lugar; allí esperarás a la persona que repita mi contraseña.

—¿Cuál contraseña?

—La frase que te daré en el teatro será la contraseña —volvió a sonreír con esa expresión que la desarmaba—. Y por favor, no hagas preguntas.

Le entregó papel y lápiz. Ella se le quedó mirando sin entender, hasta que un chispazo cruzó por su mente. En seguida escribió su número de teléfono.

—Hasta mañana —le alzó la barbilla para besarla en la boca—. Y nada de ropa interior, ¿eh?

—¿Y si el vestido se transparenta?

—Eres muy cabecidura —suspiró—. No me equivoqué contigo.

VI

Ahora iba caminando por calles oscuras y desiertas, en compañía de una desconocida que destilaba un aura tan sensual como la de su amante. Pensó en la coincidencia de que ambos tuvieran esa piel tenuemente acanelada y una belleza inusual, incluso para un país donde abundan las criaturas hermosas. Observó de reojo a su guía. ¿Qué se proponía? ¿Adónde la llevaba? Sabía que su guardiana cumplía órdenes de Eri. ¿Qué lazos la unirían a él? ¿Sería acaso su confidente, su hermana, su cómplice? Las manos de la desconocida se habían negado a abandonar las caderas de Gaia. Por encima del vestido, sus dedos palparon con insistencia.

—¿No llevas ropa interior?

—Eri me lo prohibió.

La mujer soltó una risita.

—Típico de él.

Gaia sintió crecer unos celos molestos.

—¿Eres su amante?

—¿Yo? —respondió la mujer, sin dejar de arrastrar consigo a Gaia—. ¿Lo eres tú?

Gaia pensó un segundo, absorta en el taconeo producido por ambas al caminar sobre las maltrechas aceras del Vedado.

—Creo que sí... ¿Y tú?

—Cuidado con ese hueco —advirtió la mujer.

Estaban en un callejón que siempre había intrigado a Gaia. Algún insólito accidente de la naturaleza, que los hombres pasaron por alto cuando decidieron construir en sus inmediaciones, había creado ese rincón que sólo conocían quienes vivían cerca o ciertos exploradores citadinos, expertos en descubrir recovecos. En medio de la apretada urbanización, la calle terminaba abruptamente y el suelo se convertía en un cráter de roca viva. Desde esa altura, la tierra mostraba sus entrañas marmóreas. Daba la impresión de que algún meteorito se hubiese estrellado en aquella parcela, abriendo una llaga extraterrena y rojiza que aún sangraba manantiales de barro cuando los aguaceros se abatían sobre la zona. Algunos transeúntes le llamaban «el cráter del Vedado» y Gaia creía que, de no haber estado en medio de la civilización, hubiera podido ser un centro turístico.

Junto a la hondonada se alzaba un edificio, al cual se llegaba aventurándose por un corredor de cemento suspendido encima del abismo. Aunque tenía una baranda de hierro, Gaia nunca confió en ese paso; las pocas veces que debió cruzarlo, se mantuvo alerta al primer síntoma de derrumbe. Su salvación —calculaba— estaría en llegar al umbral de un apartamento, treparse al escalón y aferrarse al picaporte de la puerta. Cada vez que pasaba por allí las manos le sudaban; pero sabía que se trataba de una fobia injustificada. Centenares de personas habían deambulado por aquel sitio durante generaciones, entrando y saliendo de los apartamentos o simplemente atravesando el paso para ir de una calle a la otra, y jamás había ocurrido algo. No obstante, para ella seguía siendo una excursión desagradable que evitaba siempre que podía. Por suerte era de noche y las tinieblas impedían ver el foso que se abría debajo de la baranda. De cualquier modo, rogó por llegar lo antes posible a terreno firme. Fue un alivio cuando sus pies tocaron la acera al final de la oquedad. Se sintió a salvo, como un náufrago que hubiera cruzado un estrecho infestado de tiburones.

Después de eso, las mujeres caminaron casi a tientas. Nunca hubo mucha luz en aquella parte de la ciudad, especialmente porque los árboles habían crecido con una desmesura boscosa y sus ramas cubrían los escasos faroles sobrevivientes. Ahora, sin embargo, la oscuridad se había convertido en una presencia casi definitiva. Era como llegar a un Averno sin llamas. Gaia creía conocer ese vecindario, pero admitió que se había perdido cuando le pareció que pasaba dos veces por la misma esquina. Sospechó que su guía daba vueltas para hacerle perder el rumbo.

Por fin se detuvieron ante un palacete versallesco, rodeado por una sólida verja de hierro. Tras la maleza del jardín se destacaba el cromatismo de los vitrales, con sus escenas inspiradas en ánforas griegas, paisajes caribeños y arborescencias al estilo *art nouveau*, donde el alma cubana revelaba sus aristas más alucinantes. Los faunos tocaban sus zampoñas entre las palmeras; ninfas amulatadas se sumergían en un río para atrapar cangrejos; varios querubes se reclinaban perezosos bajo el sol del mediodía, adormecidos por el susurro de las malangas ornamentales que caían sobre ellos en abanico; un Mercurio en taparrabos sobrevolaba una ciénaga tropical, ignorando a los caimanes con sus fauces abiertas entre los mangles... La noche actuaba como una cámara negra donde relucían las imágenes, permitiendo su contemplación desde la acera.

—Es aquí.

Gaia se quedó contemplando la reja de altura infranqueable.

62

—No veo ninguna entrada.

El viento trajo risas provenientes de la mansión.

—Ven —susurró la mujer, tomándola de una mano.

Alguien había desprendido dos barrotes de la verja y por allí entraron.

—¿Habrá mucha gente allá dentro? —preguntó Gaia.

La mujer se detuvo un instante, pero en seguida pareció desentenderse para observar los alrededores.

—Recuerda lo que te dijo Eri: nada de preguntas.

—Una sola, antes de entrar.

—Muy bien —murmuró su guía, que anduvo unos pasos más como si explorara el terreno—, pero te advierto que es mejor no averiguar mucho.

—¿Quién eres?

La desconocida se volvió.

—¿No tienes otra cosa que preguntar?

—Sólo quiero saber quién eres.

—Para muchos, soy un enigma —suspiró—. Para otros, una condición.

—Eso no es una respuesta.

—Mi nombre no significa nada —le aseguró la mujer, que se alejó hacia la casa por el trillo enyerbado.

—No me vengas con evasivas —insistió Gaia, siguiendo sus pasos.

—Lo que preguntas no tiene sentido. Me llaman de muchas formas.

—¿Por qué no me dices una?

—Todo depende del lugar, del momento o de las circunstancias.

—No sé de qué hablas —rezongó Gaia—. Sólo quiero que me digas tu nombre.

—De eso se trata —replicó la otra—. Dudo que saques algo de esa información. Además, hay tantas cosas que pudieras conocer...

—Déjate de idioteces.

Las pupilas de la desconocida se incendiaron en la penumbra como las de un súcubo, pero Gaia no lo notó porque la otra siguió andando sin mirarla.

—Dime tu nombre o me iré —advirtió Gaia.

La mujer giró para enfrentarse a ella y, cuando habló, su tono había adquirido la consistencia de una tormenta cuando su vaho azota al viajero desprevenido.

—Tengo muchos nombres, y mi apellido es Andiomena... En Cuba me dicen Oshún.

LA ISLA DE LOS ORISHAS

I

«Tiene que ser una broma», pensó Gaia sin perder de vista a la mujer, que se deslizó por el jardín como una figura de niebla.

La luz de un farol arrojaba una especie de gasa cenicienta que permitía adivinar los contornos de los objetos. Rodeada de álamos centenarios, la casona se perdía bajo el abrazo de las ramas. En otros tiempos la entrada estuvo custodiada por rosales, marpacíficos y galanes de noche; ahora, las únicas flores que sobrevivían en aquel matorral eran algunas campanas. La visión fugaz de los mazos blanquecinos le recordó el nombre que solía darles su abuela: floripondios.

El murmullo de las risas fue creciendo a medida que se aproximaban al portal. Gaia sospechó una conspiración. ¿Se habría confabulado Lisa con alguien para hacerle creer que una orisha la estaba guiando hasta esa casa? ¿Esperaban que aquel apellido le hiciera admitir la presencia de la misma Afrodita en su isla? ¿La quería tanto su amiga que estaba decidida a borrar el recuerdo del Poeta, aun a costa del disparate? ¿Sería Eri un enviado de la tía Rita?

Hubiera deseado contestar afirmativamente a todas esas preguntas y olvidarse en seguida del asunto, pero quedaban cuestiones que no sabía cómo resolver. Si su encuentro con Eri era una trampa bienintencionada, ¿cómo explicar lo del restaurante? ¿Cómo interpretar su entrada a un sitio prohibido para ella, la orgía culinaria, la ausencia de pago? No creía que nadie tuviera el poder suficiente para preparar semejante escenario; por eso dudaba de la existencia de un complot. Aunque si éste no existía, ¿qué significaba lo demás?

La noche refrescaba ostensiblemente. Bajo su tenue vestido de algodón, Gaia comenzó a tiritar. No pudo menos que alegrarse cuando su guía se acercó a la puerta y, tras susurrar unas palabras, ésta se abrió.

En contraste con la oscuridad exterior, había luz en aquel salón: un fulgor levemente azulado. Varios butacones y divanes yacían esparcidos por doquier; nadie los ocupaba, a excepción de dos mujeres que cuchicheaban mientras se servían frutas de un cesto colocado sobre una mesa. El aspecto de ambas no podía ser más extraordinario: se sujetaban los cabellos con cintas, al modo de las antiguas romanas, y vestían túnicas que ceñían a sus cuerpos con velos. Sus risas se mezclaban con el ruido de los dientes que rompían la pulpa de los melones y las piñas; una de ellas yacía reclinada sobre un banco de alabastro, con las piernas al descubierto. En conjunto, la visión evocaba una de esas bucólicas pinturas victorianas donde la abundancia de tules no hace más que revelar la voluptuosidad de aquello que se pretende cubrir: una escena donde afloraban detalles soñados por artistas de antaño —desnudeces sobre el mármol frío, miradas lánguidas y rendidas, plumas acariciantes para morir de deseo—, cual futuras reminiscencias de Sade y Masoch.

Al verlas entrar, una de las mujeres se puso de pie y se aproximó a una antigua marmita que despedía humo. Con un cucharón sirvió líquido en dos vasos y se acercó a las recién llegadas.

—Cortesía de la casa —dijo.

Gaia olisqueó, desconfiada.

—¿Qué es?

—Té de flores.

Era un brebaje que olía a yerbas y disfrazaba su amargor con una miel turbia y oscura.

Otras risas se escucharon con mayor claridad. Gaia supuso que se celebraba alguna fiesta al otro lado de la puerta, aunque sus vitrales ahumados le impedían confirmar o negar esa posibilidad. De cualquier modo, no intentó averiguar más. Su acompañante bebía plácidamente echada sobre un diván. Gaia terminó de tomarse su té mientras barajaba explicaciones: o la mujer no tenía apuro en buscar a Eri, o era él quien se reuniría con ellas, o esa espera formaba parte de un ritual cuyo objetivo desconocía.

No fue necesario aguardar mucho para comprobar que la bebida era algo más que un simple cocimiento. Los objetos fueron rodeándose de un aura cremosa, casi apetecible; luego aparecieron aromas —perfumes de todo tipo: vino mentolado, aceite de rosas, tierra húmeda, almizcle empapado de polen, leña ardiente, agua de jazmín— como si su olfato hubiera trascendido los límites humanos. Casi se sobresaltó cuando su guía la tomó de nuevo por la cintura.

—Vamos, ya es hora —parecía algo borracha.

Al otro lado de la puerta se extendía un pasillo, protegido por una penumbra acogedora para que los ojos vieran sin fatigarse. En aquella intimidad, reinaba el bullicio. Decenas de personas entraban o salían de incontables habitaciones. Era fácil averiguar lo que ocurría en ellas porque las puertas no eran realmente puertas, sino mamparas coloniales de dos hojas. Gaia atisbó por encima de una y la visión le produjo algo más que sorpresa. Tendidas sobre lechos y alfombras, varias parejas se refocilaban entre almohadones. Por todas partes deambulaban jovencitos semidesnudos, que corrían solícitos para limpiar a quienes culminaban sus embates amorosos. Gaia observó la dedicación con que empapaban sus toallas en el agua tibia donde flotaban pétalos de rosas, y la ternura con que pasaban los paños por las vulvas húmedas y los falos a punto del desmayo.

—¿Adónde vas? —preguntó Oshún al notar que la joven pretendía escabullirse.

—Yo vine a ver a Eri.

La mujer hizo un gesto posesivo.

—No, querida. Estás aquí porque Eri te ordenó que obedecieras a su mensajero, y tú aceptaste la invitación. Si él decide verte o no, será asunto suyo. Por ahora no te queda más remedio que seguirme... Y espero que no te pongas pesada y obedezcas.

No sin mortificación, reconoció que la otra estaba en lo cierto. Era inútil exigir atenciones ni cumplidos después de meterse en la boca del lobo. Había hecho un compromiso con él; nadie la había obligado... ¿O tal vez sí? Su voluntad se había derretido tras la extraña violación de la noche anterior, como si aquel miembro acanelado le hubiera inoculado un filtro que la hechizaba, obligándola a cumplir sus exigencias... Pero quizás estuviera inventando lo que no existía. Tal vez sólo estaba allí por su impaciencia en llegar al fondo de ese hombre misterioso.

—¿Vienes conmigo?

Asintió humildemente.

II

Se abrieron camino entre la multitud que deambulaba enfebrecida, riendo, gritando y persiguiéndose. Era una nueva versión de Babel, aunque más locuaz que la bíblica porque sus protagonistas eran criaturas del trópico. La muchedumbre iba y venía, imitando la efervescencia de un mercado árabe con su profusión de artefactos, golosinas y personajes: gitanas que leían el porvenir en las volutas del ombligo; flautas de dimensiones priápicas; efebos de contoneantes traseros, ataviados como hawaianas; brebajes para encender el deseo; artistas del tatuaje que realizaban sus obras en las paredes vaginales; cinturones de castidad con doble cerradura; monturas de donde emergían falos fastuosos para que las ninfómanas calmaran sus ansias al cabalgar sobre ellos; confituras afrodisíacas; gladiadores que ofrecían sus servicios nocturnos; sahumerios narcotizantes; ataúdes donde las mujeres podían esconderse para sacar sus pechos a través de dos agujeros y ofrecerlos anónimamente a los transeúntes...

Animada por el entorno, Oshún iba apartando las mamparas para escudriñar los salones donde la gente se dedicaba a diversas actividades. Gaia prefirió observar el trasiego de los transeúntes por los pasillos. En dos ocasiones su mirada tropezó con la de un gigante negro que parecía seguirlas, arrastrando consigo a una joven mestiza totalmente ebria y a otra mujer tan negra como él. Iba descalzo y vestía unos pantalones rojos que encendían más el brillo de su torso. La mestiza era muy hermosa, pero el pañuelo ensangrentado con que se cubría la cabeza le daba un aire deslucido y triste. La otra mujer, en cambio, se desplazaba con toda la majestad del mundo sobre sus hombros y una expresión gélida en las pupilas. Gaia observó de reojo al hombre, creyendo sentir su mirada. Primero pensó que imaginaba cosas porque un par de veces lo perdió de vista en la muchedumbre; pero cuando volvió a distinguirlo, ya no tuvo dudas: sus ojos inquisitivos se fijaban en Oshún.

—Es mi marido —respondió la mujer a la muda pregunta de Gaia.

—¿Tu marido?

—Hace días que no nos hablamos —aclaró con desdén—. Mejor, ignóralo.

—Pero está con dos mujeres.

—Sí, ya las conozco.

—¿Las conoces? ¿Y no te importa?

—No soy celosa.

—¿Por qué te persigue? —susurró Gaia, aunque era imposible que el hombre pudiera oírlas en medio de la algarabía—. Tal parece que fueras tú quien anduvieras enredada con alguien, y no él.

La mulata se encogió de hombros.

—En el parque me dijiste que se habían peleado —insistió Gaia.

—Y como ves, siempre acaba de perro faldero... Vamos.

Aprovechando un momento de confusión, ambas se colaron por una puerta que las llevó a un corredor desierto. Era obvio que la mujer conocía la casa; ni siquiera se detuvo a explorar otros salones. Gaia intentó memorizar secretamente aquel laberinto, intuyendo que nadie le enseñaría sus recovecos o atajos; su instinto le advertía que era importante conocer el terreno que pisaba.

Descendieron por unas escaleras hasta el sótano. Gaia estudió el agujero que se abría ante ella y aspiró la humedad que le producía cosquillas en la nariz. Una nube de aromas la golpeó, enroscándose en torno a su cuello como una bufanda neblinosa o como entidades que buscaran apoderarse de una víctima. Imaginó duendes olorosos a canela, talco de arroz, hojas de pino, lavanda, melado de azúcar, mazos de albahaca... Hubiera querido hundirse en ese pozo de fragancias, ahora que su oído percibía también el canto de los insectos en celo y el goteo del agua entre las piedras. Quizás fuera la cercanía de la tierra, pensó, de la Madre Tierra cuyo nombre llevaba, lo que producía aquella eclosión en sus sentidos. ¿O la habrían drogado?

Atravesaron la oquedad y subieron por otra escalera. Se dejó guiar, nublada la razón por los vapores que anegaban su cerebro... aunque no estaba muy segura de que su aturdimiento naciera de los aromas o de una bebida. ¿Se debería al bullicio del entorno? ¿Al clima orgiástico de esa villa? ¿O simplemente a un paseo que parecía no tener rumbo?

No se atrevió a protestar por temor a parecer impertinente, pero no dejaba de cuestionarse para qué demonios subían y bajaban sin cesar cuando hubiera sido mejor seguir por el mismo nivel. Estaba segura de que no se debía a que existiera una falta de continuidad en cada piso. Siempre volvía a encontrarse con los mismos salones: el de la primera planta tenía un gigantesco sol pintado en uno de sus extremos y estaba profusamente iluminado con lámparas de pie, candelabros colgantes y apliques broncíneos; el corredor del sótano, en cambio, permanecía en una penumbra apenas disimulada por los veladores de los nichos, que dejaban adivinar una luna menguante dibujada al final. Iban del día a la noche, de la noche al día, sin razón alguna que lo justificara como no fuera el capricho de su guía. Pensó que la incongruencia del recorrido era parte de una prueba.

Cuando subieron la escalera por octava o novena vez, Oshún reanudó su indiscreto fisgoneo, abriendo mamparas y husmeando en las habitaciones colmadas de escenas alucinantes donde intervenían criaturas y artefactos de todo tipo. Tras una de esas puertas les aguardaba una visión digna de un Buñuel pornógrafo:

73

varias mujeres admiraban las maniobras de un contorsionista que ejecutaba el arco de espalda hasta lograr con su cuerpo una O perfecta. Su miembro había crecido frente a la atenta mirada del público, que lanzó alaridos de entusiasmo cuando sus labios tocaron la punta. Instigado por las exclamaciones, redobló sus esfuerzos y logró introducirlo completamente en su boca para iniciar una masturbación lenta y gozosa de sí.

El ambiente era cada vez más denso por la niebla que escapaba a borbotones de los pebeteros insertados en las paredes. Gaia sospechó que esas emanaciones provocaban en ella algo más que una mera confusión de los sentidos.

—¡Hace falta una novicia! —gritó alguien.

Atontada por los vapores, no opuso resistencia cuando varias mujeres la arrastraron hacia el centro de la habitación; entre todas le sacaron el vestido y la acercaron a la boca del atleta que, manteniendo su posición en arco, atacó el sexo que se le ofrecía. Lengua y falo se alternaron para penetrarla con el tesón de dos rivales que se disputaran un botín, hasta que la boca terminó por ceder su lugar a la criatura anillada, cuya piel relucía cada vez que emergía de la gruta. Gaia cerró los ojos. Su razón se rebelaba contra aquella experiencia, pero su carne latía con un deseo nuevo que no le permitía decidir ni escoger, sólo tomar cuanto se le ofrecía.

Manos poderosas la sujetaron por las caderas.

Sintió la carne que pugnaba por penetrar en ese sitio al cual sólo Eri había tenido acceso, y trató de volverse hacia su agresor, tal vez con la idea de amedrentarlo; su tentativa sólo provocó que la luz se apagara, dejándola a oscuras con las manos que la obligaban a doblarse y a aceptar.

Dolor y caricias, suavidad y espinas: de eso estaba hecho el placer. Hubiera querido huir, pero notó que sus intentos por liberarse no hacían más que azuzar el deseo de sus dos asaltantes: el atleta, cuyo falo musculoso se distendía gloriosamente dentro de ella, y el desconocido que la atacaba sin misericordia por detrás. Hasta ella llegaban los suspiros y los gritos de la bacanal que se organizaba a su alrededor, fustigada sin duda por la visión del trío que constituía el principal espectáculo de la noche porque, pese a la ausencia de luz, una claridad indefinida permitía observar el conjunto.

Se rindió sin quejas al posesivo duelo. Sus gemidos se mezclaron con los del gimnasta circense y los de su incógnito agresor. Sintió, muy a su pesar, que gozaba hasta el paroxismo con aquella doble acometida que la mantenía clavada en su sitio, como una santa crucificada o una emperatriz que se ofreciera a sus esclavos para que éstos la disfrutaran más por ese acto de profanación que por el placer que su cuerpo les brindaba. Así soportó ella la embestida de los miembros hasta que de ambos brotó el maná, espeso y bullidor como la lava: riachuelos que la glorificaron bautismalmente.

Casi en seguida notó que le faltaba el apoyo del equilibrista, sin duda agotado por el extraordinario esfuerzo. Luego fue abandonada por su postrero atacante. Y hubiera caído al suelo de no haber sido por unos brazos femeninos que la llevaron a un rincón, donde se dejó vencer por el sueño.

III

Despertó al sentir la tibieza que refrescaba sus torturados orificios. Un jovencito la limpiaba con agua de rosas, derramando pétalos y pistilos sobre su vientre hasta que cada poro exudó fragancias. A la tenue luz de un cirio, varias mujeres dormían solas o abrazadas entre sí. Gruesos cortinajes velaban toda visión del exterior. La mujer que se hacía llamar Oshún estaba cerca, comiendo trozos de naranja.

—¿Quieres? —preguntó, tendiéndole uno.

Gaia lo tomó con avidez.

—Tengo que irme —anunció, y el zumo dulce se le escurrió por la barbilla.

—No puedes —le aseguró su anfitriona, que observó el goteo con expectativas de vampira.

—Es que tengo clases.

—¿De madrugada?

—Ya debe de ser mediodía —Gaia chupó su pedazo—. He dormido mucho.

—Por eso no te preocupes. Cuando salgas de aquí, allá afuera no habrá transcurrido ni un instante.

Gaia alzó las cejas, pero no se molestó en rebatir ese argumento demencial. Oshún continuaba destrozando su fruta con deleite, ajena al enfado de su mirada; y la joven decidió aparentar que acataba sus explicaciones para no levantar sospechas, preparándose mentalmente para una fuga.

Todavía reinaba el silencio. Al parecer era demasiado temprano para los ocupantes de la casa, que probablemente aún dormían tras la prolongada saturnal. El recuerdo de la noche anterior la llenó de vergüenza y sospechó que su comportamiento era consecuencia de la infusión: un afrodisíaco o tal vez un alucinógeno. Se hizo el propósito de no beber más en aquel sitio.

Junto a ella descubrió un peplo de gasas azules. A falta de otra ropa —su vestido había desaparecido—, se lo puso para acercarse a una ventana y apartar las cortinas. Entrecerró los ojos, dispuesta a recibir la pesada luz del mediodía. La luna brillaba por encima de los árboles.

—¡Es de noche! —exclamó, volviéndose a la mujer que continuaba engullendo naranjas.

—Ya te expliqué lo que ocurre con el tiempo —dijo ésta con aire de fastidio—, pero parece que no me entendiste... ¿Tienes hambre?

77

—Sed.

Su anfitriona le sirvió de una jarra.

—¿Qué es?

—Algo que seguramente no has probado antes.

—Prefiero agua —pidió Gaia al olisquear el líquido.

—Aquí no se toma agua, sólo infusiones.

—¿Por qué?

—Está contaminada.

Gaia suspiró, pero no se dio por vencida. Valiéndose de un cuchillito, despedazó dos naranjas y exprimió el zumo en un vaso para tomarlo. El ardid no sirvió de nada; por el contrario, le dio más sed. No le quedó otro remedio que beber algunos sorbos de la infusión: otro brebaje que olía a flores.

—Deberías alimentarte mejor —le dijo Oshún, señalando una bandeja llena de quesos y trozos de carne—. Pronto será la ceremonia.

—¿Cuál ceremonia?

—La fiesta de Inle.

—¿El orisha de la medicina?

—El orisha más bello de todos —afirmó Oshún, y su voz tembló ligeramente—. Es tan hermoso que tiene que cubrirse el rostro.

—¿Por qué?

—Para proteger a la gente.

Gaia aspiró el aire de la madrugada: lluvia tardía, frutos que maduran bajo las estrellas, céfiro que azota las cordilleras y mastica los pétalos dormidos de los azahares... Pero la llamada de sus sentidos alucinados se extinguió ante otra realidad más inmediata. ¿Cómo era posible que todavía fuese de noche?

—¿Y nadie puede verlo? —preguntó finalmente, decidida a pasar por alto aquel misterio.

—¿A Inle? —susurró la mujer—. Algunos; pero quienes lo hacen, quedan atados a su voluntad y ya no pueden negarle nada... Créeme, te lo digo yo que debería ser inmune a esas cosas.

Oshún se puso de pie.

—Estoy toda pegajosa —se quejó—. Voy a bañarme.

Y abandonó la habitación con el aplomo de un gato que de pronto se harta de quienes lo rodean. Gaia corrió tras ella, temerosa de quedarse sola en esa tierra de nadie que parecía gobernada por la voluntad de algún dios caprichoso y febril; dispuesta también a no perderle pie ni pisada a la única criatura que parecía prestarle alguna atención, aunque fuera a regañadientes.

Atravesaron varios salones donde la gente se vestía o cambiaba de ropa. Y a medida que avanzaban, el murmullo de las conversaciones fue creciendo. La casa se le antojó nodriza de una pequeña civilización, como un asteroide que contuviera todo lo necesario para la supervivencia de una especie distinta que viviera a espaldas del universo. Eso le pareció a Gaia aquella mansión huraña de cuyos sótanos, sin embargo, brotaban sin cesar criaturas desatinadas y carnavalescas que, pese a su aislamiento, parecían del todo satisfechas... Intentó acercarse a algún balcón y a varias puertas que supuso darían al jardín, pero alguien se lo impedía siempre: jóvenes que jugaban a su alrededor, o atletas que montaban guardia, o parejas que la arrastraban a sus juegos amorosos, o tropas de niños que pugnaban por arrancarle la túnica...

Algo o alguien había prohibido la comunicación con el exterior. ¿Y cómo sabría el mundo que ella deseaba ser rescatada si ni siquiera le permitían hacer una señal? Jardines exuberantes bloqueaban el acceso visual a la calle. Había lápices y papeles sobre algunas mesas, pero ningún sobre o buzón donde colocarlos. Los teléfonos eran meros objetos de adorno. Gaia descolgó varios, y la línea arrojó en su oído el soplo del vacío. Sin embargo, a nadie parecía molestarle.

Allí vegetaba una realidad tentadora, capaz de sumir a sus habitantes en una orgía que les hacía olvidar los rigores de ese encierro. Era posible, incluso, disfrutar de la bacanal; ella misma lo había hecho. Sólo cuando los festejos terminaban y uno podía ver los rostros agotados e indiferentes, comenzaba a entender el alcance de aquella *mise en scène*. Pero ¿a quién pedir ayuda si el dueño o los dueños del recinto controlaban cada puerta, cada ventana, cada balcón?

La casa se hallaba muy iluminada en ciertos lugares; en otros, reinaba la oscuridad. La luz se alternaba con las sombras como si se tratara de un mensaje o de un símbolo. ¿Qué se ocultaba tras esa doble condición? ¿Por qué había tanta claridad en unas zonas, mientras otras permanecían deliberadamente en tinieblas? Sin duda existía un propósito; era posible palparlo en la persistencia de una pauta que —por el momento— escapaba a la comprensión de Gaia porque sus sentidos se concentraban en algo más apremiante: escapar.

Se esforzó por reprimir su alegría cuando vio el portón de intrincados relieves. Hasta el momento, habían atravesado las estancias mientras empujaban las mamparas de etéreos vitrales, salpicados de pigmentos: perla semidorada en los botones de una enredadera; vetusto gris en un paisaje agreste; fondos esmeraldinos para iluminar una llanura... Cada vez que franqueaban alguna de esas puertas, sus hojuelas quedaban aleteando como levísimas mariposas. Por eso sospechó que la aparición del panel, semejante a la entrada de una iglesia dieciochesca, podía ser su meta.

Apenas cruzó el umbral, supo que se había equivocado: aquella salida desembocaba en un patio. O más bien, en una finca rodeada de árboles. La vista se perdía en el follaje multiverde de los helechos, en los cedros de troncos veteados y en la carnalidad de las orquídeas. Posiblemente allí se cobijaran los últimos ejemplares de especies casi extintas. Gaia creyó distinguir la silueta del mítico carpintero real y el vuelo feérico de varios colibríes. Le pareció escuchar el canto del tocororo, esa ave tricolor única en el mundo, símbolo de su isla. Su voz tristísima y grave se mezclaba con el viento nocturno: *tocoró, tocoró...* Por un instante esperó verla entre las brumas con su pecho luminosamente claro, el manto azul sobre la cabeza y las pinceladas rojas en la cola y el vientre; pero por más que lo intentó, no logró verla. Centenares de cantos y chillidos poblaban las cercanías. Todo bullía con el tránsito de criaturas aladas o terrestres, como si el mundo hubiera regresado a la noche de los tiempos, centurias atrás, y los bosques cobijaran aún el crisol endémico de sus especies.

Gaia se detuvo junto a una elevación cavernaria, salpicada de musgo. Hilos de agua se desprendían de las rocas y caían hasta el borde de un estanque que en otros tiempos estuviera colmado de peces, pero que hoy servía de diversión a los huéspedes del lugar. A prudente distancia, varias teas culebreaban al viento en soportes de bambú.

Oshún se había despojado de sus ropas, y su silueta eclipsó cuanto Gaia hubiera visto en libros o museos. Una ola de murmullos indicó que no fue la única en notarlo. Los griegos —en su afán por respetar el equilibrio de las proporciones— se habían empeñado en representar el cuerpo humano sin reducir o magnificar ciertos detalles, pero la figura de esa mujer violaba todas las normas clásicas. El cabello caía abundante sobre sus pechos cobrizos. Rotaban sus caderas, siguiendo la mágica curvatura de los astros, y al ritmo de esa sinfonía —música de las esferas que en el trópico puede adquirir resonancias de güiro— las miradas respondían con fervor religioso. Era imposible ignorarla. Su grupa trascendía la gracia de la divina Epona céltica. La cintura, de haberse dejado atrapar, se habría perdido entre las manos. Y su piel acanelada y tersa brillaba como la miel.

—¿No vas a bañarte?

—No tengo trusa —repuso Gaia.

La mulata se echó a reír y dio media vuelta, ajena al esplendor de su cuerpo bajo la noche. Gaia miró a su alrededor. Muchos bañistas estaban desnudos. Sin pensarlo más, soltó los broches que sujetaban sus velos y fue tras su guía.

La calidez del agua la sorprendió. Nadó entre los pétalos que flotaban por doquier y saboreó el aire perfumado del estanque. Los cocuyos se aglomeraban en los bordes arcillosos y plateaban el agua con su claridad de leche. Gaia disfrutó de aquel baño purificador que la eximía de excesos —o eso quiso imaginar— hasta que unos débiles tañidos inundaron la noche.

—Vamos —la apremió Oshún, mientras trepaba

a la orilla para colocarse sus gasas a la manera de un sari.

Cuando las campanas dejaron de llamar, la noche pareció extrañamente vacía. Fue como un respiro. O una advertencia. El aire se cargó de esa calma que llega con el vórtice de un huracán, antes de que sus vientos vuelvan a despedazarlo todo con mayor violencia. Así pareció moverse la brisa entre las ramas: susurro de languideces a punto de escupir un apocalipsis.

Se internaron en la maleza y unos pocos bañistas las siguieron. El corazón de Gaia saltó enloquecido. No era muy tranquilizador adentrarse en aquel bosque sin más compañía que algunas siluetas. La luminiscencia de los cocuyos las persiguió durante todo el trayecto. Atrás quedaba el jolgorio de la casa. Un solemne toque de tambores actuó como señal para que se apresuraran.

En un claro ardían túmulos de leña. Las llamas se contoneaban bajo los dedos de la brisa, y el olor a madera quemada se mezclaba con el de una fragancia que Gaia no pudo identificar. Debajo de una ceiba, frente al fuego, se alineaba una doble hilera de camastros. Hombres y mujeres yacían sobre ellos; pero no en parejas, sino solos, como criaturas que se aprestaran a dormir.

—¿Y esto?

—Shhh... Ya empieza.

—¿Qué cosa?

—La ceremonia de Iroko. Abre bien los ojos, porque nunca la verás allá afuera.

—No entiendo nada.

Oshún la miró visiblemente irritada.

—¿Qué cosa no entiendes?

—Me hablaste de la fiesta de Inle. ¿Quién es Iroko?

—Iroko es la ceiba, el lugar donde habitan los orishas.

Fue como regresar de golpe a su infancia. Era apenas una niña cuando oyó decir por primera vez: «Quien derribe una ceiba está maldito de por vida.» Evocó esa callejuela del Vedado junto a la avenida 23, donde se alzaba uno de esos árboles que interrumpía el paso de los vehículos porque nadie se atrevió a quitarlo nunca. Allí continuaba retoñando en medio del asfalto, a pesar de los años transcurridos. Y es que el poder de los orishas era una realidad de la cual no escapaban católicos ni ateos. Muchos se jactaban de no creer en brujerías, pero se habrían desmayado del susto si hubieran descubierto una frente a su puerta.

Gaia reconoció que también pertenecía al círculo de los infectados por la superstición. De una u otra manera, se había sumado a sus filas. Todos los años se dirigía en obediente peregrinación hasta La Habana Vieja para conmemorar el nacimiento de su ciudad. Allí, a la medianoche, cumplía con ese rito obligatorio de habanidad que consiste en dar doce vueltas alrededor de la ceiba que se alza junto al Templete, el primer sitio donde —según la leyenda— se oficiara la primera misa... Ceiba centenaria y luminosa; rescatada de las tinieblas por los reflectores que el hombre —reverente hasta en su tecnología— había colocado en aquella zona de monumentos antiguos para exaltar la figura del árbol más mágico de la isla, el cual creara su vínculo con la religión oficial desde los inicios de la colonia. Pues ¿qué otra cosa, sino magia, era ese ritual que debía cumplirse a la medianoche para poder pedir un deseo? Sólo en aquel país demoníaco y tentador se conmemoraba el aniversario de un oficio católico trazando círculos en torno a una ceiba. Justificar la costumbre como parte de una tradición no servía de nada. La ceiba era Iroko, la mansión de los orishas; y celebrar el nacimiento de La Habana reverenciando a ese árbol, no hacía más que perpetuar su potencia.

Por primera vez pensó que tal vez existiera una conexión entre el nombre de su guía y la mansión. Quizás estaba en uno de esos «toques de santo» de los que tanto había oído hablar. Vagamente sabía que se trataba de una especie de fiesta donde se invocaba a los dioses. ¿Habría alguna relación entre aquella orgía y el culto a los orishas?

Oshún se volvió a mirarla.

—¿En qué piensas?

Gaia dio un respingo.

—En nada.

—No digas mentiras. Piensas tan fuerte que das dolor de cabeza... Anda, suelta la pregunta antes de que me muera de una jaqueca.

—Sólo quería saber si esto era un toque de santo.

—¡Dios! ¡No tienes idea de nada! —exclamó Oshún, entornando los ojos—. Todo en el universo tiene dos aspectos: lo esotérico y lo exotérico. La gente hace sus fiestas y sus rogaciones, consulta sus oráculos, se ocupa del aspecto externo y evidente del culto, de lo exotérico; y usan esos ritos con propósitos inmediatos. Aquí nos ocupamos de la parte oculta. Es lo que en otros pueblos llaman misterios...

—¿Como los misterios de Eleusis?

—Y los de Isis... No puedo revelarte mucho, pero existe una conexión entre los misterios griegos y los egipcios con esta zona del Caribe. En la ceremonia de Iroko se manejan fuerzas vedadas a los seres humanos; fuerzas que, a su vez, producen otras fuerzas —giró el rostro para ocultarlo en las sombras—. Pero eso es algo de lo que no debo hablar.

—Todo es muy raro. No me explico...

—No hay nada que explicar —interrumpió la otra—. Lo que ves es un reflejo de lo que ocurre allá afuera, al otro lado de la reja. Sólo que a otro nivel.

—¿Un reflejo?

—O una alegoría. Tómalo como quieras.

—¿Y para qué sirve eso?

—Para salvar o para perder.

—¿A quién?

—A ti, a tus amigos, a todos los que habitan en este lugar... Para hacer un hechizo, debemos reflejar la misma realidad que queremos cambiar. Eso es la ceremonia: un acto simbólico. Después las fuerzas se pondrán en movimiento; pero ese movimiento no sirve de nada sin la voluntad. Así es que lo que hagan ustedes con esas fuerzas desatadas concierne a sus almas.

Gaia sintió que la explicación la dejaba más confundida, pero de algún modo también le produjo miedo. Intuía que la clave para entender lo que le estaba ocurriendo se encontraba en aquellos dos conceptos: parodia y reflejo. ¿Qué le recordaban?

Un espejo refleja los objetos; reproduce lo que está frente a él y duplica la realidad. Un reflejo es un duplicado. Lo que está dentro de él es como lo que está afuera. Una parodia de la máxima hermética: lo que está arriba es como lo que está abajo. Esa ley antigua era también la base del universo, de la biología, de todo lo existente. La vida es una repetición. El macrocosmos refleja el microcosmos. La luz y la sombra son dos reflejos diferentes de una misma cosa.

Observó las llamas. La dualidad sombra / luz imperaba en toda la casa... y también en esos confines.

Recordó sus sentimientos mientras recorría las estancias. En contra de todo raciocinio, desconfiaba de las más iluminadas, con su infinita sucesión de lámparas que exponían cada escondrijo. Ese resplandor se le antojaba un acoso, un escrutinio sospechosamente insistente en su afán por revelar. La oscuridad, en cambio, ofrecía el ambiente acogedor de un útero; un refugio que imitaba el caos primigenio, anterior al *fiat lux* —ese punto mítico que trajera la dudosa protección de un dios—. Ella, por supuesto, prefería el ambiente subversivo de las tinieblas a la agobiante claridad. Preferir las tinieblas a la claridad. Repitió mentalmente las palabras. Preferir las tinieblas a la claridad... Trató de atrapar una idea que luchaba por emerger, pero el eco de los tambores volvió a llenar la noche.

Algo pareció moverse al pie de la ceiba: una figura envuelta en un manto azul metálico. ¿Había estado oculta en las sombras o realmente surgió del interior del tronco? Con un movimiento, tintinearon los pececillos que colgaban de su capa. Gaia lo vio avanzar hasta la doble fila de camas, el rostro cubierto con una malla espesa que sólo dejaba entrever el brillo de sus ojos.

Majestuoso como un espectro, se acercó a uno de los lechos, abrió su capa y mostró un cuerpo tan maravilloso como el fúlgido miembro que ofreció a una mujer. Con gesto de adoración, ella lo tomó en sus manos, contemplándolo desde todos los ángulos posibles; después se echó de espaldas sobre una camilla y aguardó por él. Ambos se entregaron a una rítmica cabalgadura que culminó en un clímax rápido y aséptico, sin caricias ni aspavientos. Y mientras un jovencito recogía en su jofaina el semen que se derramaba de ella, el encapuchado fue hacia otra camilla donde yacía una muchacha que abrió sus piernas para recibirlo. El adolescente se afanaba en su tarea de recolección; parecía ansioso por no perder una gota del licor que el encapuchado inoculaba en sus parejas. A Gaia le pareció que tenía un color azulado, pero desechó la idea como una ilusión. Entretanto, ya el gigante terminaba su tarea sobre otra muchacha. Casi en seguida, el líquido comenzó a escapar a borbotones de su sexo, yendo a parar al cántaro del chiquillo.

—¿Para qué lo recogen?

—Es la leche de Inle. Con ella se pueden hacer milagros.

El orisha —o su representante en la tierra, ¿quién podía saberlo?— iba derramando su preciosa esperma en los receptáculos que con gusto se rendían al sacrificio. En algunas camillas había hombres, pero el dios no se inmutó. Los afeminados ofrecían con gracia sus traseros, dándose vuelta cuando él se detenía ante ellos con la gravedad de quien cumple un deber. Descargaba el zumo de sus potentes testículos y en seguida se dirigía al siguiente voluntario. Como una abeja reina, depositaba su fecundidad en los incontables cubículos de su colmena sin tomarse respiro. La operación se efectuaba bajo las reglas de la más absoluta higiene: cada vez que su fabuloso aguijón emergía de un orificio, éste era solícitamente limpiado por una jovencita que aguardaba a poca distancia.

Lentamente el orisha se fue aproximando al grupo de curiosos que observaba la ceremonia. Fue así como Gaia supo que no se había engañado: era leche azul lo que se escurría entre los muslos de los efebos y lo que brotaba de las mujeres con las que el dios había fornicado.

Muy pronto se llenaron tres jarras y varios sirvientes comenzaron a servir pequeñas dosis del elixir. Gaia se había jurado no comer ni beber más allí, pero la tentación resultó inevitable cuando alguien le alargó un tazón de crema azul y proclamó sus cualidades milagrosas, entre las cuales no faltaban sus efectos sobre la belleza y la longevidad. En otro momento, en otro lugar, no habría hecho caso de semejante discurso; pero aquella casa desafiaba el sentido común. Esperanzada por la promesa del néctar, se lo tomó de un trago. Como un sorbo de menta tibia, así se extendió el vapor por su pecho.

Un mareo la tumbó de rodillas. Oshún trató de izarla, pero no pudo evitar que el encapuchado se acercara. Gaia miró aquel rostro semioculto tras una bruma lejana. Detrás de la máscara, sólo era visible el brillo de sus ojos.

—¿Es la primera vez que bebes?

—Sí —respondió Oshún por ella.

—Entonces ya me explico —repuso la voz bajo la máscara, e intercambió con la mujer una mirada que sólo ellos entendieron.

En seguida dio media vuelta y echó a andar hacia la espesura. Casi al instante se perdió en la oscuridad, como si se hubiera desvanecido en alguna dimensión intangible.

—Vamos.

—¿Adónde?

—Tenemos que apurarnos.

Gaia no insistió porque el vértigo volvió a adueñarse de ella. A duras penas logró mantener el equilibro, apartando troncos, muros y paredes que se le echaban encima. Más que un vahído, se trataba de una sensación volátil que alteraba sus percepciones y parecía multiplicar los estímulos. En el interior de la casa, se dejó conducir hasta una escalera que la llevó a la planta alta. Por primera vez se percató de la existencia de un piso superior.

Bajo sus pies, el suelo mutaba, ora emergiendo como un farallón, ora hundiéndose como un pantano. Gaia se resignó a lo irremediable: allí era imposible ingerir algo que no tuviera un efecto devastador. Tal vez fuera el destino de quien se adentraba en aquel averno: alucinar sin tregua, confundir el rumbo, perder para siempre la certeza de lo que es verdadero... y todo ello, con la angustia de quien desea escapar y no puede. La idea de estar muerta se alojó en su ánimo consecuentemente. ¿En qué momento habría ocurrido? ¿En cuál de esos giros de su existencia? ¿Quizás en un accidente que no recordaba? La sensación de incertidumbre iba y venía. Se aferró a la esperanza de hallarse en un infierno transitorio.

Salones desiertos, ajenos al habitual bullicio de la mansión, las llevaron hasta una puerta custodiada por gárgolas de piedra. La habitación no era muy grande, pero parecía amueblada como un pequeño apartamento: una mesa, dos sillas, un escaparate y, en el centro, la cama de cuatro pilares. Oshún se dirigió a la ventana y separó sus hojas de vidrio para permitir el paso de la brisa.

—Hay alguien ahí —murmuró Gaia, señalando la figura agazapada en las ramas del árbol frente a la ventana, como un vampiro a punto de saltar.

—Es él —contestó Oshún.

—¿Quién?

—Inle... Le gusta mirar.

—¿Mirar qué?

La mujer hizo saltar los broches del peplo.

—¿Sabes que hacemos una hermosa pareja?

El mundo entero oscilaba. Sintió la caricia de las cortinas sobre su rostro: alas de gasa blanca. ¿En qué momento se echó sobre la cama? ¿O alguien la habría empujado? ¿Qué vapores incendiaban su piel y corroían su voluntad, dejándola abierta y expuesta sobre el lecho?

Por un instante dudó si lo que veía era su imagen ante un espejo o si habría ocurrido un desplazamiento del espíritu fuera de su cuerpo. Era extraño reconocerse a sí misma, inerme bajo la deidad que saboreaba sus pechos con el placer de quien engulle un mango, o contemplar su viaje hacia selváticas latitudes, dando breves lamidas como las de un gato que toma leche. Se revolcó entre las sábanas para escapar, pero la otra fue más ágil: su lengua la atacó con la rapidez de una culebra y la cosquilla fue escalando por túneles secretos. Aquella criatura sabía dónde besar, dónde palpar, dónde tocar...

No prestó atención a los ruidos del balcón. Ya no le importó que el dios estuviera allí, haciendo de voyeur voluntario, acariciándose para librarse de aquel licor celeste que manaba de él. Se sentía arder. Vio la imagen de Oshún deslizarse sobre su cuerpo, cubrirlo, frotarse contra su piel, luchar inútilmente por penetrarla, intentar fusionarse en un roce de vulvas distendidas. Sus caderas la golpearon con la furia de un amante desalmado. Hacía calor; un calor tropical y pegajoso. Saltaron chispas.

Saliva sobre la piel, sudor de caramelo: labios delicados a los que temía dañar. Los hombres no besaban así; no tenían esos labios de fiera mansa. Casi se detuvo. Casi. Pero no podía dejar de hacerlo. Ven, ven, muérdeme. Entrañas mojadas en azúcar. La fortaleza de una hembra que sojuzga la mansedumbre de otra. Eres mía, ¿lo ves? Montes que colisionan. Licor de ron entre los muslos. Ven, entiérrate en mí. Ninfas que destilan miel. Quiero ahogarme, suicida, en el fondo de tu cuello húmedo. Qué lúcida masturbación esta de acariciar un cuerpo semejante. Ritual antiguo y eterno. Tórridas pieles, tórridas nalgas, tórridas caderas que no logran pasar aunque persistan en su embestida de gacelas. Estoy abierta, abierta. No puedo llegar, no tengo... Voy a engullirte con mi vagina. Cuánto fuego acumulado, cuánto infierno. Asómate entre mis piernas, misterio lésbico, y toca mis labios alucinados. Mira mi lengua roja y clitórea, ésa es mi daga. Vas a morir aquí, asesinada sin compasión con mi estilete... Mujeres hadas, mujeres diosas... Éste es mi punzón: caliente como el tuyo. Así te doy muerte, así... Hembras sin dueño, hembras divinas... Ya me derrito, ya.

Ahí estaba la imagen de la diosa que le abría las piernas, sujetándolas con fuerza para facilitar el roce y la caricia. El clímax la sacudió hasta hacerle perder la noción de lo que la rodeaba. Ni siquiera advirtió el baño de leche azul que caía sobre ella, desde el borde de la cama, donde Inle había observado el final del juego sáfico.

SEGUNDA PARTE

—

...TAMBIÉN PUEDE CERRARLOS

EN EL REINO DE OYÁ

I

Se despertó cuando el primer rayo de sol le dio en las mejillas. A su mente acudieron impresiones de temor y placer. Recordaba otras ocasiones en que había sentido lo mismo, al día siguiente de una experiencia amorosa y, sobre todo, después de una «primera vez». Un cosquilleo le apretaba la garganta: tenía la sensación de flotar, pero al mismo tiempo una náusea le ahogaba. Sabía que aquello era resultado de un condicionamiento: la sospecha de haber hecho algo prohibido... Y, no obstante, siempre llegaba la euforia de la liberación. En los últimos tiempos había empezado a perder la parte más angustiante de aquel reflejo, pero esa mañana había regresado. No era una experiencia agradable. Semejaba la cercanía del vacío: daría un paso y se hundiría en una brecha que la llevaría al infierno.

Se sentó en la cama y miró en torno. No recordaba cómo había llegado hasta allí. Apenas reconoció aquel íntimo desorden de ropas y libros. Era como si se hubiera ausentado de casa muchos meses.

Imágenes vagas empezaron a formarse en su cerebro. ¿Se había emborrachado? Su primer pensamiento coherente fue el rostro de Eri. Después evocó una función de teatro, cierta frase sobre alguien que abre o cierra los caminos, el encuentro con una mujer en la oscuridad de un parque, una mansión laberíntica de la cual deseaba escapar... Se frotó los ojos para borrar los restos de sueño. Su agitación aumentó mientras repasaba sus recuerdos. Estaba segura de que la habían drogado; por eso sus visiones eran tan absurdas: el contorsionista masturbatorio, el semen azul fluyendo de las vaginas, los jovencitos que limpiaban los genitales con agua de rosas... Una pesadilla alucinógena. Sólo la casa se le antojó verdadera. La santera debió de tramar aquella farsa para librarla de su frigidez y hacer quedar bien a sus supuestos dioses. Si era así, el propio Eri estaba involucrado en la conjura. ¿Sería cómplice Lisa?

Tuvo que dejar las especulaciones para otro momento; ahora tenía tareas más urgentes que resolver. Por lo pronto empezó a barruntar qué le diría a su madre. De hecho le extrañaba no tenerla ya armándole un escándalo por no haber avisado que dormiría afuera, aunque últimamente se comportaba como si anduviera muy lejos. Gaia no sabía si su distanciamiento era producto de un automatismo deliberado para alejar las angustias cotidianas o si el entorno habría minado parte de su cordura.

Al llegar a la cocina se la encontró ordenando platos, apartando calderos y husmeando en el café que ya hervía sobre el fogón.

—Apúrate, que vas a llegar tarde y yo también.

—¿Tarde? —Gaia se recostó en el marco de la puerta—. ¿Adónde?

Su madre dejó la cafetera sobre la mesa y la observó con atención.

—¿No piensas ir a tus clases?

—Pero si hoy es domingo.

—Todavía estás dormida.

Gaia miró el reloj que tía Clara les trajera de Miami —un calendario digital que marcaba la hora y el día de la semana: SÁBADO, 8:17 A.M. No era posible. Si la memoria no le fallaba, había ido al teatro el viernes por la tarde; y, según sus cálculos, debió pasar la noche en la mansión, durmió allí la mañana y la tarde del sábado hasta la noche —eso explicaría que nunca viera la luz del sol—, y luego se quedaría hasta bien avanzada la madrugada. *Tenía* que ser domingo.

—¿No hubo apagón en estos días?

—Ya sabes que siempre hay apagones.

—Te lo digo porque el reloj anda atrasado.

La madre terminó de servir el café.

—Ese reloj funciona perfectamente. Tu tía me dejó baterías de repuesto y las cambié hace menos de dos semanas —se detuvo un momento—. ¿Qué te pasa? ¿No dormiste bien? Tienes una cara rarísima.

Gaia cogió una taza.

—¿No me sentiste llegar anoche? —preguntó.

—La verdad es que después de la telenovela, caí rendida.

La telenovela. Entonces ayer había sido viernes.

—Lo siento, pero no hay pan —dijo la mujer—. Y no pude conseguir leche.

Gaia buscó con la vista la azucarera, desentendiéndose de su madre, que siguió murmurando para sí. Su charla era un telón de fondo que ya había oído demasiadas veces como para impedirle rumiar la única idea que le preocupaba: su visita a la mansión.

—... ¡Tan hipócritas que son! Claro, así es muy fácil... A ver, ¿por qué no vienen a vivir para acá? Yo les cedo mi puesto. Les regalo la casa y me voy sin nada para el Tíbet, a la cumbre del Himalaya a vivir con el yeti...

Gaia escuchaba a medias la letanía, dividida entre dos universos irreconciliables: uno tibiamente nocturno, sacudido por las imágenes de un sueño húmedo; y otro árido y soleado que copaba el ambiente como una pesadilla.

La mujer colocó su taza bajo el grifo del fregadero.

—Ya volvieron a quitar el agua —masculló cuando la tubería silbó sin dejar salir una gota—. Mal rayo los parta.

Abrió el refrigerador, echó agua en un vaso y se lo llevó al baño para cepillarse los dientes.

Gaia quedó pensativa ante la mesa, dándole vueltas a su taza, antes de tomar una decisión. Desde su dormitorio llamó a Lisa por teléfono.

—Tengo que verte —la apremió—. ¿Puedes faltar al primer turno?

—Y al segundo.

—Espérame en el Parque de los Cabezones.

Desde tiempos inmemoriales, los estudiantes le daban ese nombre a un territorio casi boscoso donde abundaban los bustos de personajes ilustres. El apodo hacía referencia al tamaño de las venerables testas. Era un refugio apartado y fresco, protegido por los muros del recinto universitario. Allí solían darse cita los amantes, los conspiradores y los poetas.

Gaia recordaba la primera vez que se sentó bajo uno de esos árboles. Mientras intentaba leer, había asistido a una disputa que la distrajo. Varios estudiantes discutían con dos turistas, incapaces de distinguir entre el espiritismo y la santería. Para los extranjeros, toda criatura del trópico que viera un muerto o un fantasma estaba relacionada con el vudú. Nueva discusión para explicarle a aquellos analfabetos que el vudú y la santería eran cosas diferentes. Tampoco la mediumnidad tenía nada que ver con los orishas, aunque ocurriera en las Antillas. La primera era un residuo espiritual importado de Europa; lo segundo tenía un origen africano y no solía incluir visiones, sino comunicaciones a través de oráculos o la manifestación de los dioses en el cuerpo de los vivos... Gaia se divirtió tanto que quizás por eso adquirió la costumbre de sentarse a leer en aquel rincón. Regresaba allí con cualquier pretexto y pronto se convirtió en su lugar preferido.

—Me voy —anunció su madre, besándola en la frente—. No te demores o vas a llegar tarde.

Gaia escuchó el golpe de la puerta que se cerraba, dejándola a solas con el lujo de revolver calmadamente sus gavetas. Sin abandonar del todo sus recuerdos, sacó ropa limpia y la puso sobre una vieja canasta junto al lavamanos. Su madre había comprado aquel cesto poco antes de que ella naciera y ahora el mimbre se deshacía sobre las losetas amarillas. Ya se disponía a entrar en la ducha cuando se acordó de que no había agua.

Volvió a vestirse y fue al patio para sacar un cubo del tanque destinado a las emergencias. Por suerte era verano y los aguaceros abundaban en aquellos días. Dentro del tanque flotaban algunas florecillas del naranjal vapuleado por los alisios; pero no se tomó el trabajo de apartarlas. Sabía que tanto los espiritistas como los santeros recomendaban bañarse con ciertas yerbas o flores, a manera de despojo:

ebbó sagrado y rutinario que realizaban incluso quienes no practicaban ninguna de esas creencias. Remedio de brujas blancas. Magia eterna y neolítica que había sobrevivido, contra todo karma, hasta los albores de la era espacial. Allí estaban los azahares, como arrojados del cielo por la mano de un dios; aguardando su destino en esa isla, que era flotar en el agua fresca antes de precipitarse en cascada sobre los cuerpos desnudos de sus habitantes... Gaia tomó del cubo una de las flores para olerla. Sería una buena limpieza para librarse de los malos sueños.

II

—¿Cómo se te ocurre semejante cosa? Tía Rita sería incapaz.

Las pupilas de Lisa relampaguearon como una espada que se agita bajo el sol.

—No creo que lo haya hecho con mala intención —repuso Gaia suavemente—. Quizás no lo conozca bien.

—Te digo que no; ella nunca enviaría a nadie a hacer algo así... ¡Si ni siquiera se enteró a qué restaurante irías! ¿No te acuerdas que nosotras mismas lo escogimos?

—Sí, asesoradas por tu hermana.

Lisa captó el tono.

—¿Y eso qué tiene que ver? —protestó—. A Irene esas cosas le dan risa. Si nos ayudó fue porque yo se lo pedí.

—Pero Rita pudo mandar a que me siguieran.

—Esto no es Hollywood, Gaia. Pon los pies en la tierra. Mi madrina es una santera respetable; su única preocupación es darle de comer a sus orishas y atenderlos para poder ayudar a sus ahijados. Ahora no vayas a echarle la culpa si lo que encontraste te asustó o no era lo que esperabas... Aunque me gustaría saber si valió la pena.

—¿Qué cosa?

—No te hagas la loca; ibas a sacarte un muerto con un vivo. Dime la verdad, ¿funcionó?

—Eri es especial, pero me da miedo.

Lisa sonrió con aire malévolo.

—Te fue de maravillas.

—Ése no es el problema.

—¿Y cuál es entonces?

—Necesito estar segura de que tu madrina no tiene nada que ver con esto.

—Ya te lo dije: va contra sus principios —la miró con incredulidad—. ¿Tan fuerte te ha dado?

—No se trata de él, sino de un sitio al que me llevó.

—¿Cuál?

—Un lugar donde hay orishas.

—¿*Qué*?

Gaia no quería entrar en detalles, pero no le quedó otro remedio que contarle sobre la ceremonia de Iroko y el dios de semen azul en aquella mansión con apariencia de paraíso... Sus mañas por lograr un relato coherente no impidieron que la propia Lisa terminara dudando de ella. ¿Y si su amiga era una mitómana delirante? Nunca lo hubiera sospechado. ¿Se habría vuelto loca? Imposible, no podía ser más cuerda ni más racional. También descartó otras posibilidades, incluida una borrachera mayúscula. Gaia sólo bebía traguitos afeminados, llenos de yerbitas, fruticas y todas esas mariconerías con las que se pasaba horas jugando.

—¿Dices que esa mujer pronunció una frase cuando se encontró contigo?

—La contraseña que Eri me había dado.

—Seguro que fue una sugestión.

—¿Una sugestión?

—Si Eri es médico...

—En realidad, es masajista.

—Da igual. Si tiene nociones de medicina, pudo hipnotizarte en algún momento y darte una frase a la que responderías de determinada manera.

—¿Y eso se puede hacer?

—Una vez vi cómo hipnotizaban a alguien. Le advirtieron que, cada vez que escuchara cierta palabra, vería una paloma roja posada sobre el hombro de quien tuviera delante, y así fue. Samuel podía estar hablando contigo muy normal; pero si tú le insertabas esa palabra en la conversación, en seguida se quedaba embelesado mirando lo que sólo él podía ver.

—¿Una paloma roja? Eso no existe.

—Díselo al subconsciente. Él es capaz de ver dragones rojos o extraterrestres, si a su hipnotizador se le antoja.

Gaia repasó los acontecimientos de las noches previas. Sí, eso pudo ocurrir; aunque existía aquel detalle...

—Hay algo que no encaja.

—¿Qué cosa?

—El tiempo.

—¿Qué hay con el tiempo?

—Hoy tenía que haber sido domingo. Pasé dos noches en ese sitio, y ni siquiera mi madre se dio cuenta de mi ausencia.

—A ver, explícame eso.

—Oshún ya me lo había anunciado —y aclaró al ver la expresión de Lisa—. Una mujer que dijo llamarse Oshún me aseguró que, cuando uno entraba en esa casa, el tiempo se detenía afuera; y que, al salir, era como si no hubiera transcurrido... ¿La hipnosis produce ese efecto?

—No sé.

—Tengo que hablar con Eri.

—Ándate con cuidado.

—¿Quién es la aprensiva ahora?

—No estoy aprensiva. El que haya curado tu frigidez no quiere decir que debas confiar en él.

—Fue tu madrina quien me aconsejó buscarlo.

Lisa se mordió los labios.

—Si hubiera querido hacerme daño...

—¿Qué piensas de él realmente?

—Es un hombre misterioso. Tiene cara de santo y cuerpo de dios griego.

—No te pongas vaginal.

—Hablo con el corazón.

Un timbre resonó en el edificio próximo al parque, alborotando a los gorriones que se guarecían en la fronda centenaria. La marea de aves se elevó por un instante hacia las nubes en un remedo de plaga langostera. La bandada le dio la vuelta a la Plaza Cadenas y regresó de nuevo al árbol, cuyas ramas volvieron a oscurecerse.

—Me voy —dijo Gaia, poniéndose de pie—. Si estoy de humor, te llamaré por la noche.

En silencio subieron las escaleras cercanas a la cafetería, casi siempre vacía por la habitual carencia de abastecimientos. Un rápido beso y se separaron. Lisa ingresó en uno de los edificios aledaños a la plaza —espléndida congregación del neoclásico tropical— y Gaia se dirigió a la salida de autos y peatones. Aún debía pasar junto a la Facultad de Física y descender la pendiente hasta el edificio de Letras.

Cuando entró al aula, la profesora no había llegado. Evadió la primeras filas y se sumergió en el abarrotado centro, donde era más difícil encontrar un asiento vacío que un espacio en la platea del teatro Lorca durante el estreno de un ballet. Cuando halló uno, dejó sus bártulos en el entrepaño inferior del pupitre y se dedicó a revisar sus cuadernos. Alguien le pasó un papel.

—¿Qué es esto?

—Tienes que firmarlo —le pidió Castillo, el responsable ideológico del aula.

—¿Para qué?

—Es un acuerdo.

Gaia leyó: los estudiantes se comprometían a poner al descubierto las inconsistencias filosóficas e ideológicas que atentaran contra los principios del marxismo-leninismo, en el marco de los lineamientos que velaban por la pureza de la moral comunista de la juventud...

¡Dios mío! Otra de aquellas estupideces. Esos documentos semanales provocaban el efecto de una epidemia por contagio. Por culpa de ellos tenía que esconderse para leer a Jung y a Blavatsky; por culpa de ellos apenas podía conseguir de contrabando ciertos filmes de Wajda y Almodóvar.

—Yo no voy a firmar nada.

—¿Qué?

Varios estudiantes se volvieron a mirarla.

—No voy a firmar eso.

—¿Por qué?

En otra ocasión hubiera replicado «porque no me da la gana»; esta vez guardó silencio.

—No seas terca —susurró el muchacho, tras comprobar que el resto volvía a sus asuntos—. Vas a buscarte un lío por gusto. De todos modos, aquí nadie cree en esto. Fírmalo, ¿qué más te da?

Gaia se puso en alerta. No era la primera vez que le soltaba una de aquellas frases. ¿Sería un provocador?

—Es que te tienen en la mirilla, mujer —insistió él.

—Oye, Castillo, me has dicho eso mismo más de veinte veces en las últimas semanas. ¿Qué te traes?

—Nada; pero si no firmas, te lo sacarán a relucir en la próxima asamblea. Por eso mismo ya botaron a tres en Lenguas Extranjeras.

—Me da igual.

—Niña, no seas monga —intervino el Chino que, pese a su apodo, tenía más de mulato que de asiático—. Firma y olvida eso.

Ella se les quedó mirando, convencida de que actuaban.

—¿Pero no se dan cuenta de que es una idiotez?

El Chino movió la cabeza en señal de desaliento, antes de empezar a palparse los bolsillos como si hubiera recordado que debía encontrar algo en ellos.

—Chino, convéncela —le rogó Castillo—. A mí siempre me ignora.

—Qué va, flaco, yo no estoy para esta descarga —dijo el otro—. Allá ella si se quiere embarcar.

Se levantó de su puesto y salió al pasillo. Gaia y Castillo se quedaron cuchicheando a solas.

—Verdad que tú estás loca —susurró Castillo—; no sé para qué quieres hacerte la mártir. Total, lo único que vas a lograr es pudrirte en un calabozo sin que nadie se entere.

Esta vez, ella lo observó sin decir palabra. Después volvió la vista al Chino, que en ese momento entraba con un bolígrafo en la mano. ¿Sería verdad que ninguno de ellos creía en lo que firmaba? ¿Bajaban la cabeza por conveniencia? ¿Acataban los mandatos para evitarse problemas? Repasó ciertos comentarios, frases intrigantes, pequeños gestos de complicidad... Sí, algo había cambiado. O estaba en proceso de cambiar. La hipocresía iba ganando terreno por doquier. La doble moral. Las máscaras. Sospechó que el fenómeno no era reciente, pero ella había tardado años luz en percibirlo. ¿Dónde estuvo metida? Mientras jugaba a los novios, sus amigos se habían convertido en los actores más excelsos del planeta.

Se dio cuenta de que el joven aguardaba por una decisión suya, y fue como si algo se desmoronara en su interior. Comprendió que de nada valdría su resistencia aislada, si acaso para hacerla pasar por una chiquilla obtusa. Además, estaba cansada de oponerse a una fuerza que siempre terminaba por vencerla.

La imagen de la sombría mansión brotó en su mente y, con ella, una idea se fue abriendo camino, fructificando con la pasión de una espiga que busca ansiosa la luz. Aquella casa se parecía a su país: a esa isla onírica y engañosa, seductora y fraudulenta, embustera y libertina. Sólo que para notarlo había que vivir allí, habitar sus noches y sus días, fornicar con su miseria y sus encantos, y no pasearse con el aire ausente de un turista llegado de otro mundo. Por doquier florecía una condición tortuosa que impedía saber dónde terminaba el delirio de la psiquis y dónde empezaban los absurdos de una sociedad que nadie quería, pero cuya destrucción nadie parecía dispuesto a enfrentar; una sociedad capaz de engañar al resto del mundo, pues incluso a sus propios ciudadanos le resultaba difícil descifrar los atroces mecanismos de su funcionamiento.

Intuyó que Eri había querido mostrarle algo más que un paraje irreal; quizás la mansión guardara una moraleja que ella no pudo descifrar. Mientras firmaba el absurdo papel, sospechó que volvería a verla.

III

Cada mañana se juraba que lo buscaría; cada mañana, desde hacía dos meses, y aún no lo había hecho. En varias ocasiones llegó hasta la esquina donde se hallaba el edificio con sus grandes puertas de cristal, pero no se atrevió a acercarse. Espió de lejos, eso sí.

Vio gente entrar y salir: algunos con sus batas de médico; la mayoría, vestidos de civil. Nunca a él.

Cada mañana intentaba convencerse de que *ése* sería el día, pero el miedo era más fuerte que su curiosidad. El comportamiento de Eri le recordaba el de su difunto Pintor y el de otros hombres con los que había tropezado. La culpa, al parecer, la tenía su aire de perenne inocencia, su expresión a medias desafiante y traviesa, unos ojos asombrados como si acabara de nacer o quizás otra característica que no lograba definir.

La primera vez que se enfrentó a esa anomalía fue durante una fiesta escolar. No recordaba el motivo exacto de la celebración, pero ya estaba acostumbrada a que decidieran por ella los aniversarios, los mártires y las fechas patrias que debía reverenciar; por eso no se preocupó por averiguar el motivo de los festejos. Sólo recordaba —por causas muy distintas— que aquella ocasión había sido especial.

Para homenajear a los artistas que visitarían la escuela, se escogieron diez niños que entregarían flores. Gaia fue una de las elegidas. Cuando le tocó su turno subió muy oronda a la presidencia, con su uniforme planchado y su pañoleta de pionera, para ofrecerle su ramo a un solista del Ballet Nacional: un hombre tan apuesto que lo imaginó condenado para siempre a hacer de príncipe; un Sigfrido eterno. Ella, al igual que el resto de los alumnos, permaneció junto al visitante hasta que terminó el himno y los huéspedes se sentaron a ver la función que la escuela había preparado en su honor: una de esas aburridas tablas gimnásticas con música militar. Durante diez minutos observó el espectáculo con desgana, esforzándose por sentirse inspirada y patriótica. Se concentró en el estribillo que llamaba a inmolarse en la lucha con la misma aplicación con que años después se abstraería para conseguir un orgasmo. Estaba a punto de lograr el éxtasis requerido cuando su mirada se cruzó con la del príncipe. Su expresión de Albrecht acosado por las *willies* la hizo sonreír. Él le tendió las manos, con un gesto que la invitaba a sentarse en sus piernas. Gaia miró a ambos lados. Otros niños ya habían hecho lo mismo con el resto de los visitantes; así es que los imitó. Aplaudió disciplinadamente al final de la tabla, y también cuando una fila de milicianos liliputienses se preparó para entonar un coro a la Revolución.

En su regazo descansaba el ramo de flores que el joven había colocado sobre ella. Eso le impidió reconocer de inmediato qué era esa cosquilla que se deslizaba por una de sus corvas. Se quedó helada cuando se dio cuenta a quién pertenecía el dedo trepador. Claro, no se le ocurrió que el visitante estuviera importunándola; semejante idea sólo emergería años después. Sin embargo, su instinto le indicó que existía algo prohibido en el sigilo con que el príncipe recorría la pelusilla interior de sus muslos, subiendo más y más en dirección a aquel lugar donde las hembras eran diferentes a los varones.

Trató de moverse; pero sus manos, bajo los pétalos húmedos, recibieron la presión de otra mano. El dedo se abrió camino bajo el elástico de su ropa interior y jugueteó con ella un rato. La cosquilla era tan agradable que abrió un poco más las piernas para dejarle mayor espacio al dedo goloso. Un escozor molesto creció en el lugar donde él la rascaba. Se movió un poquito para aliviarse, ayudándose de una protuberancia que abultaba en el pantalón del hombre. Poco a poco, sin que nadie lo notara, él deslizó su silla hasta emboscarse detrás de unas arecas.

El bullicio de las marchas mantuvo su crescendo, produciendo ese efecto donde el estruendo se transforma en barrera visual —un fenómeno bastante común, pero rara vez notado por la gente—. Era como si el sonido, al alcanzar determinado nivel, levantara una cortina de invisibilidad que, más que obstruir o nublar la visión, escamoteara los detalles. Fue así que ella y su príncipe se aislaron de la concurrencia, ocultos a medias por los abanicos vegetales y por el parapeto sónico que ya adquiría una consistencia casi palpable.

Ahora su alteza era poseído por un extraño frenesí; se agitaba convulso y se frotaba contra ella, quizás (pensó Gaia) víctima de algún brujo malvado. Cualquiera que fuese su causa, el príncipe se había convertido en un vándalo que reclamaba su botín.

Tiró de sus pantaloncitos para maniobrar con mayor libertad.

Por un instante ella pensó en resistirse, hastiada de aquella invasión; además, no le gustó que la sobaran con tanta impertinencia... Para su disgusto, la picazón entre sus piernas también aumentó. Adentro era un horno encendido, repleto de hormigas furiosas que la castigaban con su aguijón. Los dedos del príncipe-pirata se cerraron sobre sus manitas para impedir que se rascara. ¿Y si fuese un brujo disfrazado? El hormiguero se revolvió, tornándose avispero. Se resignó entonces a moverse con disimulo sobre la dureza del pantalón, con la esperanza de que el dedo solitario, que a ratos condescendía en escarbar la entrada de la colmena, la aliviara de aquella molestia.

El acoso fue mutuo. Ella pugnó por sacarse las avispas y él, por librarse del maleficio que perlaba su cuerpo de sudor, calentura peligrosa que requería de una pronta acción. Ambos necesitaban un remedio, cualquier medicina que barriera aquel incendio. Él la forzó a moverse, casi con brusquedad. Los insectos se enfurecieron en su cueva. Ella estuvo a punto de gemir, pero él le cubrió la boca. Sin previo aviso, el bálsamo brotó de algún recinto inexplorado. O tal vez cayó de las nubes. ¿Cómo asegurarlo?... Sólo supo que una humedad súbita la empapaba como un rocío bienhechor.

La sonrisa del príncipe fue tan encantadora que

ella le perdonó en secreto no haberle avisado que debía ir al baño, sobre todo porque se tomó el trabajo de limpiarla con su pañuelo. De nuevo era amable con ella, de nuevo la trataba como a una emperatriz. Gaia le hizo mil mimos y le devolvió la sonrisa, alegre de que él se hubiera liberado del maleficio... y ella de sus avispas. Al final del espectáculo se despidieron a escondidas, besándose en los labios.

Ése fue su primer amor, pero sólo al cabo del tiempo lo sabría.

La huella de aquel recuerdo provocaría un efecto perturbador sobre su madurez, arrojándola a las redes de esos pescadores que siempre buscan en río revuelto. Sus ademanes adultos no hicieron más que exacerbar la ronda de depredadores al acecho de niñas con pretensiones de hembra o de jóvenes con aspecto infantil. Así se convirtió en la presa codiciada de esos arponeros citadinos. Ahora sospechaba que las jugarretas de Eri se originaban en aquel provocativo factor de su persona que, aunque inconsciente, encendía un aviso —apreciable para ciertos hombres— en alguna zona de su aura.

¿Qué hacer? ¿Le convendría regresar al apartamento? ¿O sería mejor indagar con cualquiera que entrara o saliera del edificio? Necesitaba verle el rostro en pleno día, asegurarse siquiera de que existía, abrumarlo de preguntas, impedir que elaborara sus respuestas, obligarlo a confesar qué había hecho de su voluntad y de ella misma que ahora deambulaba como una obsesa en su búsqueda. Pero tales inquietudes eran apenas el comienzo del enigma. ¿Eran reales la casa y sus habitantes, o sólo un buen truco de prestidigitación?

Lo pensó mejor. No debía involucrarse en ningún tipo de pesquisa. Los exámenes estaban por llegar y su meta era terminar de una vez sus estudios. «Otro encuentro como ése, y soy capaz de suspender el año», reflexionó. Además, ¿cómo saber si aquel individuo podía hacerla desaparecer durante un mes? El tiempo se comportaba como una dimensión ilógica dentro de la casa. Sería mejor armarse de paciencia y aguardar.

Pero mientras descendía por la vetusta escalinata, dejando atrás la imagen del Alma Mater, se dijo que no perdería nada con curiosear de lejos. Así es que atravesó el parque donde se guardaban las cenizas del amante de Tina Modotti, y bajó por todo San Lázaro hasta Infanta. Desde la esquina divisó la iglesia de Nuestra Señora del Carmen, aunque apenas echó una ojeada a la sobrecogedora efigie que coronaba sus alturas y que siempre la había impresionado. Dobló hacia la izquierda, rumbo a La Rampa.

Allí, a escasas cuadras de la nao eclesiástica, latía el ardiente corazón de su ciudad; y en esa ruta, la más concurrida del país, las miradas de los cubanos —normalmente provocativas— adquirían un brío inusitado. El soplo de los alisios azotaba los cuerpos, levantando oleadas de vapor y sudores almibarados. Multitud de ojos resbalaban sobre pieles ajenas, como una lluvia ácida que desgarrara las ropas en plena vía pública. Expuestos a la inclemencia de tales elementos, deambulaban cazadores y víctimas por esa calle lúbrica y siempre húmeda de deseo. Pero Gaia no llegó a sumergirse en ella.

Se detuvo a un centenar de pasos de la avenida y, desde su escondrijo, vio la silueta del edificio. Eran casi las siete. Las luces de la calle destilaban una mortecina luminiscencia que no podía hacer mucho por anular la penumbra de la capital. Bajo las sandalias de Gaia, trozos de cristal crujieron como cocuyos irritados: restos de una farola rota. Sobre su cabeza, un alambre colgaba tristemente de su viejo soporte.

Alguien tropezó con ella... Una figura oscura y masculina. Gaia farfulló una disculpa mientras el desconocido proseguía su camino, y se quedó contemplando los contornos aleteantes de la sombra sin que lograra determinar por qué le habían llamado la atención. Entonces cayó en cuenta: un hombre con sombrero de ala y enfundado en un gabán era algo que sólo recordaba haber visto en los filmes de Humphrey Bogart, nunca en su Habana calurosa y harapienta...

—¡Dios mío! —murmuró—. Ya estoy alucinando de nuevo.

Exploró el cielo; ni siquiera había luna llena, así

120

es que no podía atribuir aquella visión a esos ciclos delirantes que ponían en estado de alerta a los hospitales y a la policía. Trató de tranquilizarse. Tal vez no fuera un hombre con gabán, sino uno de esos locos que deambulan por las calles envueltos en trapos de toda índole, robados a los latones de basura.

Se quedó un rato más, atisbando las siluetas de los peatones que a duras penas adivinaba en el crepúsculo. Nadie entró o salió del edificio; al menos, nadie que la oscuridad le permitiera ver. El ocaso actuaba como un velo que ahumaba la visión y los sonidos. La luz de las primeras estrellas, lejos de contribuir a disipar las tinieblas, reforzaba la vaguedad de los objetos. Era una vigilia sin sentido. No le quedó otro remedio que alejarse del lugar con una sensación de impotencia.

De pronto la asaltó un mal pensamiento. Observó la gente, las calles, incluso el silencio amenazante que se esparcía como el polvo de una tormenta, y temió lo peor: un hueco negro en medio de la isla, un maleficio que la hubiera trasladado de nuevo a otra dimensión. Estaba en La Habana, pero no en La Habana que ella conocía. Se precipitó hacia la parada con la esperanza de deshacer el hechizo. No quería ser arrastrada, una vez más, hacia aquella región imprevisible donde la ciudad se convertía en otra cosa. La multitud que se agrupaba frente a la heladería fue su refugio. Revivió el consuelo de los seres primitivos cuando se reúnen con su tribu después de presenciar un fenómeno inusitado; pero no se sintió del todo segura hasta abordar el ómnibus, esquivando los codazos y las maldiciones de quienes llevaban horas esperando.

En su vecindario no había electricidad, es decir, no había radio, ni televisión, ni ventilador, ni posibilidades de leer. A la luz de un quinqué rememoró sus últimas vivencias, incluyendo la confusa sensación que le dejara aquel encuentro en La Rampa. ¿La engañaba su imaginación o la ciudad estaba llena de entidades fantasmagóricas? Casi volvió a ver la silueta embozada en aquel gabán sombrío. ¿Habrían emigrado al trópico los vampiros, ansiosos de un sustento más ardiente que la sangre europea? Lo pensó con detenimiento. Sí, estaba ocurriendo algo que escapaba a su comprensión. Quizás la noche no fuera sólo una ausencia de luz, sino un modo de revelar esencias ocultas durante el día. La claridad invitaba al estatismo, a la inacción, al estancamiento de las posibilidades. Era como si la llegada del sol paralizara las voluntades. Pero a medida que la oscuridad crecía, más criaturas y acontecimientos extraordinarios pululaban a su alrededor. Era una paradoja. ¿O debía buscar la causa sólo en ella misma? Repasó lecturas esotéricas, lecciones de física, teorías de todo tipo. ¿Y si algo se hubiera alterado en su organismo —la composición del aura, la densidad atómica de sus moléculas— hasta provocar esos saltos de una dimensión a otra? ¿Vagaba sin asidero posible entre lo fantasmal, que se ocultaba del sol, y lo real, que surgía con la llegada de la noche? ¿Se movía entre un espejismo de resplandores y un agujero tenebroso? Su encuentro con Eri debió de desquiciarla por completo. Lo peor es que ya no tenía cabeza para llegar a una conclusión coherente. Si quería refrescarse las entendederas, tendría al menos que dormir bien; y eso sería imposible sin ayuda.

Buscó a su madre para pedirle un meprobramato, pero no estaba en el portal ni en la cocina. La encontró en el patio, removiendo la tierra que rodeaba el limonero. Gaia movió el quinqué que llevaba en la mano. Le pareció que su madre iba echando el agua que llevaba en un cubo, después de escarbar el suelo para airear las raíces. Pero no podía ver bien, ni siquiera con aquella lámpara; por eso se le antojó un milagro que su madre lograra distinguir lo que hacía sin más ayuda que la de sus ojos.

—¿Un meprobramato? —repitió la mujer, abandonando por un segundo su tarea—. ¿Pero en qué mundo vives, niña? Si ni siquiera hay pan, ¿de dónde voy a sacar un meprobramato?

—Es que ando medio nerviosa.

—Tómate un buche de benadrilina —le dijo, volviendo a lo suyo.

—¡Eso es para la alergia, mami!

—Es lo único que tengo para dormir —respondió la mujer, sin dejar de afanarse en su improvisado cultivo de supervivencia—. ¿No es eso lo que buscas?

Gaia no insistió. Se fue al comedor y revolvió el estante de las medicinas. Moviendo la luz sobre su cabeza, localizó el frasco del jarabe y se tomó dos cucharadas, usando la propia tapa del pomo para medirlas. Después regresó al patio y, sin decir palabra, dejó el quinqué sobre la tierra, junto a su madre, con la intención de ayudarla; pero ella la rechazó.

—Vete a dormir —le ordenó—. Prefiero estar sola.

Gaia la besó y se fue a su cuarto.

A tientas se desvistió.

Dos semanas de exámenes pasarían pronto, y ella anhelaba salir de la universidad lo antes posible. Allí el ambiente era cada vez más opresivo, especialmente con aquellas reuniones que acababan de instaurar —las llamaban «asambleas de crítica y autocrítica»— donde todos debían hacerse un *mea culpa* público, una especie de harakiri obligatorio, so pena de ser acusados de inmodestia: ese mal burgués que derivaba en apatía o subversión... Gaia estaba harta de que la obligaran a sentirse culpable. ¿Culpable de qué? ¿De algún pecado que otros habían cometido? Sospechó que las asambleas eran un plan para transformarlos en neuróticos llenos de complejos; pero por más que pensó, no pudo encontrar la razón. Tenía que graduarse. No quería seguir siendo un cobayo; por eso le daría prioridad a sus clases. Primero, los exámenes; después... Y en ese punto, sus pensamientos se lanzaron en picada por un nuevo derrotero: Eri.

No estaba muy segura de qué la impulsaba a tal cacería. Existían mil razones, y ninguna en especial. ¿O sí? ¿Qué pretendía en el fondo de su corazón: saber si ella le interesaba realmente o que él admitiera su papel en una farsa? ¿Buscar a sus cómplices? ¿Quizás averiguar cómo había creado aquel universo irreverente? ¿O conocer con exactitud dónde se hallaba esa absurda casa de juegos?... Porque había hecho lo imposible por encontrarla; tres veces intentó desandar la misma ruta, pero no logró dar con ella.

Cerró los ojos.

Los efectos del antihistamínico gravitaron dulcemente sobre su conciencia. Era el tiempo sin tiempo, la memoria sin memoria. Se perdió en un sueño vívido; en el trasiego de una corriente algodonosa donde seres invisibles la conducían a través de la maleza, casi a rastras, y luego ataban sus manos a una rama, dejándola inmóvil con los brazos en alto. La oscuridad la rodeaba. Sin embargo, podía ver bien gracias a esa ilógica conveniencia de las pesadillas.

A sus pies, un hombre y una mujer se besaban y mordían sin tocarse. Pronto el duelo de las bocas se convirtió en un asalto de lamidas sobre ella. Gaia vio la forma oscura que emergía entre las piernas del hombre; floreció de la nada como una planta efímera que surge y se esfuma en la primavera del desierto. Así fue el curso de su visión. Por un instante el falo brilló bajo la luna, pero en seguida su resplandor pereció devorado por las nubes. De las alturas bajaron ráfagas de viento; un relámpago estalló en la noche y su destello le permitió reconocerlos: Oshún, emperatriz del gozo, y Shangó, señor supremo de los fuegos terrenales y celestes. Se abandonó al deleite de su propio cuerpo. Ahora se nutrían de sus néctares la criatura de labios dorados que fuera su guía en la mansión y aquel negro hermoso que las persiguiera por sus pasadizos. Y en las brumas de ese sueño, Gaia quedó convencida de la naturaleza deífica de sus captores.

Otro trueno avivó la tempestad que agitó fieramente los árboles. Gaia cerró los ojos para protegerlos del polvo. La naturaleza respondía a las pasiones de sus amos, convirtiendo sus instintos en huracán, como si cada latido de sus vientres provocara un temblor en la atmósfera. Oshún se acercó para lamerle el cuello, filón de suave pendiente que la diosa siguió hasta la curvatura de los pechos. No fue la única invasión sobre su piel. La lengua del dios humedecía —demoníaca y viperina— el umbral de la hendidura posterior, hasta que halló otro sustituto para atravesar la resbalosa entrada. Gaia no protestó. Sólo un suspiro escapó de su boca entreabierta, circunstancia que la diosa aprovechó para atrapar su lengua y retenerla. Más que un beso, fue una penetración; y ella se sometió sin reticencias, entregándose con la mansedumbre de un animalito que sucumbe ante una sierpe.

La lluvia caía sobre los tres cuerpos, iluminados por la luz de los relámpagos a punto de golpear la ceiba. Era una tormenta en todo su esplendor onírico, con descargas de alabastro que evocaban el resplandor élfico de la Tierra Media.

Lejos de mitigar el ímpetu de los orishas, el diluvio actuaba como catalizador de sus pasiones. Excitada por los azotes del agua, la diosa se arrodilló en ademán de adoración, aceptando el obsequio del soberano que sostuvo a la prisionera para que la hembra divina tuviera acceso a su manjar. Un trueno bramó sobre sus cabezas. Shangó persistió en su ardoroso enlace y Oshún bebió hasta la última gota a su alcance: ambrosía de oceánico bouquet, fresca y suculenta como un cardumen de peces al amanecer.

Dentro del sueño, Gaia sintió nacer esa efervescencia que es preludio del orgasmo. Por unos segundos se debatió entre dejarse llevar y retenerlo, pero su mente —esa masturbadora sin decoro— la arrastró al abismo. De cualquier manera no hubiera podido evitarlo, porque el dios mantuvo su ataque hasta la eyección del magma que estalló con la violencia de un Vesubio negro. Corrientes telúricas se alojaron en su interior; la empujaron, la embistieron, amenazaron con hacerla pedazos. Llegó a la esencia de su nombre. Conoció los estremecimientos de la creación, que en la Madre Tierra adquieren connotaciones divinas. Así se entregaba ella, como una puta celestial. O eso le susurraba el dios mientras su alma escapaba y ella se unía a la nada. Ya no era ella. Ni siquiera era. Existía meramente en aquel murmullo. Magia de hombre. Sus sentidos se alejaron del mundo. Sólo entonces él desató sus muñecas y dejó que cayera encima del lodo, aletargada en su propio éxtasis.

Pero la diosa no había terminado. Sin reparar en el creciente fanguero, se abatió sobre la cautiva para apagar su insatisfacción atacando con su pelvis la entrepierna. Ebria de deseo, oculto el rostro tras los cabellos empapados, era la imagen rediviva de una bacante abandonada a la orgía.

Gaia no supo más porque el fango le tapó los ojos con tanta saña como cubría su cuerpo... o quizás porque el sueño ya llegaba a su fin.

IV

Tres meses.

¿Se acordaría de ella? ¿Le diría algo su rostro? ¿Existiría él, después de todo?

La quietud del edificio evocaba un hangar muerto. Los pasos resonaban por sus corredores con un eco sobrecogedor. El sitio parecía desierto. Daba la impresión de estar sumido en la más completa soledad, aunque un rastro de luz escapaba bajo la puerta del apartamento. Gaia aguardó un momento antes de tocar. Casi deseó sorprenderlo con otra, refocilándose en alguna dionisíaca particular; eso le daría la justificación necesaria para olvidarse de él.

Recorrió el marco con la vista, en busca del timbre. Los alambres salían como púas de la cajita empotrada en la pared. A juzgar por sus extremos oxidados y los desvaídos colores de los cablecillos, la carencia de tapa protectora se remontaba a alguna era precristiana.

Débilmente rozó la puerta con los nudillos, todavía no muy segura de su decisión. En el ambiente se produjo un instante de silencio, casi de suspenso. Gaia pudo sentirlo en el leve erizamiento de sus cabellos; pero la impresión no provino sólo de ella.

—¿Quién es? —dijo su voz, pausada como siempre, aunque ahora acompañada por una ligera tensión.

En lugar de responder, tocó más fuerte. Se sucedieron el ruido de un mueble que se deslizaba, pasos sigilosos y una espera que correspondería a su ojo indagatorio a través de la mirilla.

—Pensé que no volvería a verte —su rostro parecía genuinamente sorprendido.

—Todavía no sé por qué estoy aquí.

—Pasa —se apartó para dejarla entrar—. ¿Te enojaste conmigo?

—¿Qué crees tú?

—Puedes estar molesta por varias cosas. Si me dices una...

—¿Por qué no fuiste?

—¿A la casa?

—¿Adónde iba a ser? —se sentó sin que nadie la invitara—. Si llego a imaginarlo, no voy.

—Estuve allí.

—¿Te escondiste en algún sitio o te disfrazaste?

Eri se sentó frente a la joven.

—Te pedí que no hicieras preguntas.

Gaia se puso de pie, sin ocultar su irritación.

—Pues no vuelvas a repetir esas puestas en escena —se paseó por la sala—. Me sacan de quicio los jueguitos, sobre todo si son bromas de mal gusto.

Él se levantó de nuevo para acercarse a ella.

—Yo sólo quiero ayudarte —la miró a los ojos—. ¿Es mucho pedir un mes?

—¿Un mes para qué?

—Para llegar al final.

—¿De qué?

—De tu enseñanza. —Sacó una botella de su neverita antediluviana—. Este sitio acabará contigo si no aprendes.

—¿De qué estás hablando?

Por toda respuesta, él sirvió el licor verdioscuro en dos vasos transparentes.

—No, gracias —dijo ella, observando con desconfianza el líquido oleaginoso.

—No te voy a envenenar —y para demostrárselo, tomó un sorbo de su propio vaso—. Si no confías en mí, nunca tendrás la respuesta que buscas.

—Yo no busco ninguna respuesta, por lo menos no la que te imaginas.

—¿Qué sabes tú lo que tengo en mente?

—No sabré exactamente lo que piensas, pero sé muy bien lo que pienso yo; y te aseguro que no tiene nada que ver con esos juegos.

—Sólo quiero enseñarte.

—¿A qué? ¿Cómo? ¿Drogándome para que otros me usen?

—Si lo ves así, lo lamento.

—¿De qué otro modo tendría que verlo?

—Como un aprendizaje, como una experiencia que podría cambiar tu manera de ver las cosas.

Gaia soltó una risita.

—Cualquiera que te oiga, te confundiría con don Juan... y no me refiero al tenorio español, sino al shamán de Castaneda.

—De eso se trata —él tomó otro sorbo—. Hay muchas maneras de aprender. Existen disciplinas de autocontrol basadas en el sexo.

—No me vengas con cuentos.

—No lo son. Nuestra técnica es parecida.

—¿Nuestra técnica? ¿Tuya y de quién más?

El silencio se condensó semejante a la niebla.

—¿Por qué será que no te creo? —dijo ella finalmente.

—¿Por qué será que no quieres creer? —respondió él.

Gaia suspiró.

—¿De qué técnica hablas?

—Es un secreto de los orishas.

—¿De los orishas? —y añadió al observar su expresión—: Querrás decir un secreto de sus brujos... de sus *babalaos*. ¿Es eso lo que quieres decirme?

—Quiero decir lo que dije. No trates de inferir algo distinto.

—¿Eres *babalao*?

Silencio.

—No me extrañaría que lo fueses —dijo ella, hablando más consigo misma que con él—. No hace mucho me enteré de que mi mejor amiga se hizo el santo... ¡Y yo sin saberlo, sin imaginarlo siquiera!

Eri observó su bebida con obstinado mutismo.

—Dime sólo esto: toda esa gente que encontré allí, ¿quiénes eran?

—Ahora no puedo responderte —advirtió él, depositando dos cubos más de hielo en su vaso—. Las respuestas no sirven de nada porque no convencen por sí solas. Uno tiene que aprender.

Los trozos de hielo canturrearon como palomas en una estación helada.

—Eres tú quien no entiende —porfió ella—. Necesito saber a qué atenerme contigo si es que vamos a seguir viéndonos.

—Eso es fácil —explicó él, tendiéndole su propio vaso—. Sólo tienes que hacer otra visita a la casa.

Gaia probó la bebida; primero con precaución, luego con más confianza.

—¿Quién me llevaría?

—Yo mismo.

Gaia recorrió los muebles con su mirada y se detuvo en el rostro de Eri.

—Aquí hay algo diferente.

—¿Qué cosa?

—No lo sé. Dime tú.

—Tal vez sea el escritorio; lo cambié de lugar.

—No, no es el escritorio.

Ella acarició la superficie del vaso, olvidando por un momento el ambiente anómalo. Quizás no valiera la pena insistir; sospechaba que él siempre terminaría saliéndose con la suya... ¡Dios! ¡Qué mentecata era! Después de todo lo ocurrido, estaba decidida a seguir viéndolo. Ésa había sido su decisión desde el inicio. ¿A quién pretendía engañar? Se tomó el último sorbo. Un trozo de hielo se deslizó entre sus encías y ella lo acarició con la lengua, sin morderlo, disfrutando la sensación que le anestesiaba los labios. ¿Le estaría cogiendo el gusto a aquel juego?

Para colmo de males, los objetos lucían cada vez más raros. ¿Era la iluminación que oscilaba o los muros que comenzaban a inclinarse? Un balanceo tenue, y arriba se oscurecía... ¿O no? Las ventanas le hicieron guiños, ansiosas por revelarle las claves de aquel minué sobrecogedor. La puerta insistía en escapar de su prisión, y todo el marco iba detrás con su peso. Ni cortas ni perezosas, las molduras del techo hicieron crecer sus adornos vegetales por los que corrían diablillos de yeso, eufóricos tras haber cobrado vida. El artesonado adquirió curvaturas góticas, como telarañas lavadas por un aguacero. Gaia suspiró. Seguramente se había dejado medicar de nuevo... Sonrió al repetir el verbo: medicar. ¡Qué terapéutico! Casi le gustó su correspondencia con el entorno.

—¿Por qué sonríes?

—Nada. Algo que pensé.

—Es tarde, vamos ya.

—Me drogaste.

—¿Cómo?

—Volviste a drogarme. La vez pasada me hipnotizaste. No sé cómo, pero lo hiciste.

—¿De qué estás hablando?

—No soy tan lerda como imaginas.

—Eres porfiada, pero jamás he pensado que seas lerda.

—¿Para qué entonces esto? —levantó el vaso al nivel de sus ojos.

—Yo también tomé —y le mostró el suyo.

—Hay antídotos.

—Lees demasiadas novelas policíacas.

Le arrebató el vaso y lo dejó sobre la neverita.

—¿Trabajas para Seguridad del Estado?

—Santo cielo —susurró él, tomándola por un brazo—. Yo creo que estás borracha, y eran sólo dos dedos de menta.

V

Sabía que volver a aquella casa era realizar una incursión a una comarca peligrosa; como bajar a los infiernos, al reino de la muerte, a los dominios de Oyá... a esa región donde las almas transitan a la sombra de sus pasiones.

El recorrido por las calles de La Habana volvió a despertar su sospecha de que había atravesado algún paso transdimensional. Fantaseó con la idea de que viajaba por el subconsciente de una ciudad cuyo acceso sólo era posible por la gracia de un guía que se ofreciera a mostrarlo, como hiciera Virgilio con el bardo florentino. En su fugaz recuento de odiseas espirituales, evocó la mística de los rosacruces, de los desdoblamientos, de Allan Kardec, de las experiencias en estado de coma... Y sospechó que aquel mulato de ojos claros podía ser su ángel de la guarda que la conducía —Orfeo engañoso— a una mansión atemporal donde los muertos coexistían con los vivos.

Curioso y más que curioso, le hubiera gustado decir cuando llegó frente a la casona; y es que, igual que en el País de las Maravillas, algo que anteriormente no existía, después surgía de repente o cambiaba de aspecto. Por ejemplo, estaba segura de haber transitado ese mismo camino en numerosas ocasiones sin lograr descubrir la mansión. Tantas veces repitió la experiencia que llegó a convencerse de que la casa debía estar en otro sitio. ¿Cómo es que Eri había dado ahora con ella?

Con ademán gentil, el hombre la ayudó a evadir las altas yerbas de la entrada y, juntos, sortearon la maleza que se derramaba sobre la tierra opulenta y oscura. Todo continuaba inalterado: las ramas de los álamos se entretejían para cobijar el jardín, la verja colonial seguía apuntando hacia las nubes, y el vago rumor de las risas recordaba una fiesta de duendes en la espesura del bosque. Ahora, sin embargo, no llegaron a la puerta. Se desviaron hacia un sendero custodiado por un muro vegetal que iba y venía describiendo curvas y ángulos. El camino era un enigma. Podían verse las torrecillas de la casa por encima del amasijo de plantas, pero la visión era irregular. A veces parecían dirigirse a ella; a veces parecían alejarse. ¿Iban hacia allí o buscaban otro rincón del jardín?

Gaia sintió unos latidos en su cabeza. Cada vez que su memoria luchaba por sacar a flote algún recuerdo, sus sienes palpitaban dolorosamente... Finalmente el sendero los condujo a la mansión. En su interior volvían a multiplicarse las galerías de techos neogóticos, las lámparas como estalactitas, los vitrales de colores violentos y los corredores atestados de siluetas que parecían escabullirse furtivamente entre los ecos.

Gaia pensó que sus sienes estallarían y, de pronto, la presión se hizo insostenible: un laberinto. Eso eran la casa y el jardín: laberintos. Creta en La Habana. La posibilidad de hallar un Minotauro hambriento o enamorado. Laberintos. Internarse en un sitio perdido, a orillas del lago Moeris. Egipto en el Caribe. Centros iniciáticos de múltiples significados. ¿Cuál sería el de la casa? Quizás sus pasajes enmarañados sirvieran de protección. Eso decían en la antigüedad. Los laberintos se construían para salvaguardar el culto que se albergaba en su centro. De esa manera ningún espíritu malintencionado podría penetrar su secreto. Pero los laberintos tenían otra función: preparaban el alma en la iniciación de los misterios.

Comprendió por qué no había podido memorizar los pasadizos. Aquella casa no estaba hecha para visitantes. Más bien, existía a prueba de profanadores. Penetrar allí era olvidar el raciocinio y aprestarse a conocer demonios propios. Sus recovecos imitaban el caos primordial, la inconsciencia de los deseos, el abrigo incierto de la matriz. Cada porción de su territorio la alejaba del mundo y la protegía de él; pero aquella protección era un arma de doble filo porque la dejaba inerme y desorientada, expuesta a los vaivenes de seres invisibles con los que ni siquiera lograba comunicarse —criaturas ciegas y sordas a sus súplicas—. Ya podía gritar, clamar sus iras, pedir ayuda, que nadie la escucharía. En el laberinto quedaba aislada. Estaba en el centro del mundo, pero lejos de él. Era como vivir una maldición.

Iba pensando todo aquello mientras observaba los hombros de Eri, perfectos y difusos en la penumbra. Lo seguía pese al miedo, porque era peor quedarse sola en esa marejada de senderos que parecía un nudo gordiano sin solución.

El perfume estallaba en las fuentes, anegando la mente de brumas. Salvo algunas siluetas que escaparon hacia las sombras, no vio a nadie. Trató de no preocuparse. Era un juego, le había asegurado Eri la primera noche; pero aquello no dejaba de asustarla. Nada parecía seguro en aquel duelo de voluntades.

Su guía empujó una mampara que los separaba de un aposento, donde una rolliza matrona llenaba cuencos de cerámica. Las paredes del local parecían bañadas en espejeante azogue. Doquiera que Gaia miraba, las superficies esmeriladas le devolvían su imagen, como ocurre en esos tradicionales laberintos de feria.

—Vamos a ensayar algo distinto —susurró él, haciendo un ademán a la escanciadora.

La mujer abandonó su tarea para acercarse a un arcón tallado con bajorrelieves, cuyo contenido estuvo revolviendo unos instantes. Gaia no pasó por alto aquel mudo entendimiento: era evidente que buscaba algo acordado de antemano. ¿Se trataba de un servicio que la doña prestaba a cualquier huésped o era resultado de un acuerdo exclusivo? ¿Era ella la primera mujer que él traía a esa casa o ya habría venido con otras?

Un amasijo de gasas se desparramó sobre el suelo y Gaia supo que esos atuendos estaban destinados a transformarla. ¿Con qué objetivo? Ni siquiera intentó adivinar. Ya sabía que sus pretensiones agoreras nunca daban resultado. Era preferible aguardar, en vez de lanzarse a una descabellada aventura imaginativa.

Poco a poco, como una princesa que está siendo ataviada para una boda donde cada detalle equivale a la seguridad del reino, fueron escogidas sus ropas. Primero los zapatos, de tacón tan alto que hacían peligrar el equilibrio; después un corsé apretadísimo que afinaba su cintura y daba a sus caderas una aguda prioridad visual. Tras aquel martirio de cordones tirantes, le tocó el turno a una falda transparente. El corpiño de escote bajísimo sirvió de apoyo a las cumbres rosadas. Por último, le ocultaron el rostro bajo un velo.

Ella se dejaba hacer, fascinada por la imagen que le devolvían los espejos. Su voluntad parecía haberla abandonado, aunque al menos era consciente de ello. No pudo dejar de pensar que su actitud era consecuencia de alguna droga... o tal vez ya se había rendido a la emoción del juego. Pensarlo no hizo más que inquietarla. Por un lado, su mente razonaba con total lucidez; por el otro, su cuerpo respondía con un automatismo expectante que la obligaba a acatar cualquier orden. ¿Le atraía el peligro, después de todo, o quizás su sensación de invalidez ante aquel hombre? ¿Acaso la posibilidad de vivir otra realidad que no existía más que en su imaginación?

Cuando terminaron de vestirla, se contempló en un espejo. Sus pechos desnudos, asomándose sobre tanto velo y tanta seda, le otorgaban un aspecto decididamente cretense.

—Imagen inocente y apetecible —Eri tomó un pedazo de soga para atarle las muñecas—, especial para esta noche en que la mansión pertenece a los servidores de Oyá.

Gaia no se sorprendió mucho por esa coincidencia entre sus pensamientos y las últimas palabras de su amante. Tal vez fuera su propia mente quien inventaba todo ese universo...

Cerca de la puerta, aguardaban dos enanos negros en andrajos; uno de ellos le entregó al hombre un trozo de tela con el que éste le vendó los ojos. Primero tuvo que batallar con el velo. Decidió quitárselo momentáneamente para poder dar una doble vuelta a la gasa. Antes de que el velo volviera a cubrirle el rostro, sintió los labios de su amante y la humedad empalagosa de su lengua.

—No creas que te he perdonado la fuga —susurró él.

Ella siguió el sonido de las pisadas, conducida por los enanos que murmuraban en su lengua de pigmeos. A Gaia se le antojaron un par de güijes como esos que, según las leyendas, habitan en las lagunas y los riachuelos de Cuba.

El cuarteto marchó hacia un ala de la casa donde las risas eran menos frecuentes y los ecos estallaban como las olas de un maremoto. Allí, el silencio se convertía en una entidad que a ratos se estremecía con la rotura de una telaraña.

Gaia anduvo con paso incierto, temerosa de chocar contra algún mueble o pared, hasta que escuchó el maullido de una puerta al abrirse. Se detuvo un instante, pero en seguida fue conminada a moverse. El aire pegajoso batió los velos que la cubrían. Bajo sus pies crujió la yerba. Guiada por manos invisibles, caminó sobre unas lajas que formaban un trillo serpenteante. Posiblemente fuera una senda deliciosa a la luz del día; pero toda diversión se perdía en la oscuridad, con aquellos tacones que se hundían en el fango o se atascaban en las ranuras de las losetas. Ya empezaba a preguntarse si no la habrían llevado a otra casa o si deambularían por un parque, cuando alguien la agarró por el brazo para hacerla descender unos escalones.

Su oído le advirtió la presencia de numerosas personas: el murmullo parecía provenir de todas partes. Unos dedos subieron su velo, dejando al descubierto sus pechos para que los labios retozones y las lenguas de sierpe los lamieran metódica y ordenadamente. Quiso oponer resistencia, pero una dolorosa presión en sus muñecas la hizo desistir. Intentó abstraerse, luchar contra esa mezcla de ira y vergüenza que se eternizaba en el goloso cosquilleo sobre su piel. Sus músculos volvieron a tensarse cuando escuchó el inconfundible ruido del líquido que se vierte en una vasija. En un principio se negó a probar la bebida. Parte del licor se derramó sobre sus pechos. Los convidados celebraron el inesperado percance, sorbiendo el zumo que parecía fluir de ella como brota el agua de los grávidos pezones de las diosas en las fuentes públicas. Aun después que retiraron la vasija, la bebida continuó resbalando por su cuello. O eso le pareció. Estaba definitivamente mareada.

La acostaron. Sintió el contacto helado del mármol en sus corvas y, por primera vez, notó un vaho omnipresente: un olor a antigüedad, a vetustez, a catacumba... Se estremeció de frío y miedo.

—Vamos a jugar a la muerte —era la voz del demonio en su oído—. Tu cadáver reposa en el sótano de una cripta...

Algo duro se metió en su boca.

—Es tuyo. Juega con él.

Gaia desplazó su lengua a lo largo del objeto y, al reconocerlo, dejó escapar un grito.

—¡Es un hueso!

—Es el dedo de una mano —murmuró él—. No seas malcriada.

—Pero es de un muerto.

—Ay, estas discusiones me quitan la ilusión —protestó una voz afeminada.

Las manos del hombre se aferraron a su garganta.

—Chúpalo o te pesará.

Obedeció, llena de asco, y tímidamente chupó ese y otros dedos de la misma mano. Desde su posición, una rendija bajo la venda le permitía observar lo que ocurría. Forzó un poco el cuello, lo suficiente para ver a una figura disfrazada de espectro, extasiada en la contemplación de su entrepierna; giró su cabeza y descubrió una decena de figuras portando máscaras horribles. Era imposible saber quién era quién en aquella muchedumbre espectral.

Los dedos se retiraron bruscamente de su boca.

—No te muevas.

Gaia sintió la lengua del espectro, explorando sus cavernas de goteante humedad. Dientes menudos mordisquearon sus pechos. Su piel se erizó ante la avalancha de caricias, gustosamente obsequiadas por los desconocidos... Una forma de carne azotó sus mejillas; adivinó el entusiasta instrumento de algún mirón.

—Sé obediente y ofrécele tu boca.

Estimulado por la visión de aquellos labios que aceptaban cualquier manjar anónimo, el espectro decidió obsequiar el suyo a la otra entrada que se ofrecía con igual pasividad y, para facilitar su tarea, le hizo abrir más los muslos. Ella soportó sus embates con el estoicismo de una Lucrecia para quien la virtud perdida ya no constituye una preocupación.

El ritmo de las posesiones aumentó a medida que el público se enardecía con el espectáculo de tan complaciente cadáver. A su alrededor crecieron los suspiros. Gaia perdió la cuenta de la cantidad de fantasmas y seres monstruosos que se turnaron entre sus piernas y sobre su rostro; y cuando decenas de ellos se hubieron cebado de sus jugos, se escuchó un chirrido que provocó una estampida de murciélagos en la cripta. Dos sombras cargaban una olla de barro que hervía nauseabundamente y la depositaron en un rincón.

A través del escaso resquicio que le brindaba su

máscara, Gaia observó la figura que se acercaba. ¿Sería su imaginación, saturada de vapores venenosos, o era real ese esqueleto de ebúrneo falo? Las falanges le acariciaron los muslos. Se le ocurrió que alguien debía de estar manipulando las articulaciones, exhibiendo su habilidad de titiritero con aquella marioneta macabra, pero ¿de qué manera? No podía abrir del todo los párpados para cerciorarse.

No tuvo tiempo para más reflexiones. Apenas sintió los dientes helados que picoteaban sus pechos y la frialdad ósea que pugnaba por penetrarla, el miedo le nubló los sentidos. Tal vez nunca gritó; tal vez sólo fue su espanto lo que desplegó aquella bandada de alaridos mentales cuando su inconsciencia la trasladó a mil años luz del horror que luchaba por poseerla.

AZUL ERINLE O EL REMEDIO DE DIOS

I

«Otra pesadilla», pensó, sin decidirse a mirar en torno.

Sentía la boca seca y un ligero dolor de cabeza.

—¿Gaia? —unos dedos le rozaron el rostro—. ¿Te sientes bien?

Eri se inclinaba sobre ella, ocultando a medias el resto del consultorio.

—Ya es un poco tarde para esa pregunta —le reprochó débilmente, haciendo un esfuerzo por incorporarse.

—Has dormido casi tres horas. ¿No tienes hambre?

Gaia lo miró con fijeza.

—Esta vez fuiste demasiado lejos —trató de ponerse de pie—. No creo que me interese volver a repetir la experiencia... Tampoco estoy muy segura de que quiera seguir hablando contigo.

—¿Por qué? —parecía genuinamente sorprendido.

147

—Ahora sí llegué a mi límite.

—Si te refieres a alguna experiencia desagradable...

—No seas cínico.

—Sólo quise que vieras el mundo de otra manera.

—¿A base de juegos sádicos?

—A base de cualquier juego. —Él la tomó por los hombros—. Escucha, no sé lo que eres capaz de ver o sentir, pero te aseguro que se trata de una ilusión, de un viaje...

—¡No me digas! —repuso ella con tono burlón—. ¿A otro planeta?

—Al fondo de ti —la observó con fijeza.

—Pues se acabó; yo no vuelvo a esa casa.

—Podríamos...

—Me da miedo. *Tú* me das miedo. Allí te transformas en otra cosa.

—¿En qué?

—No te hagas el zorro.

—Lo único que he hecho es tratar de ayudarte. Quien se conoce a sí mismo...

—Para eso está el psicoanálisis.

—La enseñanza del brujo no se hace en una oficina.

—¡Ah! Por fin llegamos a algo concreto. Resulta que eres brujo y no masajista.

—Puedo ser ambas cosas, y otras más.

En la penumbra de la habitación, Gaia tuvo nuevamente la impresión de que los rasgos del hombre se derretían para transformarse en las facciones de un ser cabrío. Cerró los ojos, decidida a no dejarse embaucar por aquel ardid de las sombras.

—Me gustaría saber cómo lo haces... O mejor, me gustaría saber qué pretendes.

Él caminó hasta la ventana.

—Aquí todo el mundo oculta algo —paseó sus ojos sobre la ciudad dormida—, y tú sigues sin aprender.

—No sé a qué te refieres.

—Al desdoblamiento, al juego de las apariencias.

Gaia se le quedó mirando, esforzándose con toda el alma por entender. Y de pronto, en algún punto remoto de su espíritu, surgió un destello: jugar a las apariencias. Fingir. Ser lo que uno no es, lo que nunca ha sido, lo que jamás será. Sonaba familiar, pero... ¡claro que *no* lo había aprendido! No era parte de su naturaleza. No quería que lo fuera.

—Tienes razón —admitió—. Nunca he podido mentir. Pero no veo ningún vínculo entre lo que dices y tus métodos de enseñanza.

—Quizás ahora no le encuentres sentido porque eres sólo una novicia.

Ella se estremeció.

—Lo que he visto es una pesadilla.

—Son tus demonios interiores, pero enfrentarlos te hará más libre.

Gaia fue hasta la otra ventana. Aquel hombre no cesaba de confundirla; una sola palabra suya era capaz de poner en crisis sus proyectos.

—¿Quién eres?

—No soy un agente del gobierno, te lo juro.

—No me refiero a eso. ¿Qué cosa eres?

El hombre se inclinó sobre el buró para apagar la lamparita.

—Son casi las dos de la mañana —anunció tras consultar su reloj—. Mejor te llevo hasta tu casa.

—Tenemos que hablar —insistió ella.

—Hoy no.

—¿Cuándo?

—La semana que viene. El viernes.

—¿Por qué no puede ser antes?

—Es mi mejor día —respondió enigmático.

—¿Qué quieres decir? —Un pensamiento la asaltó—. ¿Estás casado?

Él soltó una risita.

—¿Separado? —insistió ella.

El hombre apagó más luces, pero ignoró su pregunta.

—¿Quién es Oshún?

—Un momento —la tomó por los hombros—, ya basta de preguntas. Estoy muy cansado... y supongo que tú también. ¿Lo dejamos para el viernes?

Gaia asintió, dominada por la fijeza hipnótica de aquellos ojos, aunque más dispuesta que nunca a descifrar todo aquel misterio.

II

Tantas dudas ameritaban una nueva visita a la tía Rita. En un principio pensó hablar con Lisa para que la acompañara, pero al final decidió ir sola. Ya era bastante difícil lo que tendría que preguntar para tener que sufrir también las miradas o los interrogatorios de su amiga. Ignoraba si la vieja se acordaría de ella. Después de tres meses no era probable, aunque confió en que el nombre de su ahijada fuera suficiente para refrescarle la memoria.

Nada había cambiado. El camino de grava se desprendía como un afluente de la acera salpicada de charcos, marcando un sendero irregular que a ratos era visitado por libélulas sedientas. La entrada al bajareque mostraba el mismo estado de abandono, con sus yerbazales de guisaso que se enganchaban como alfileres a las ropas y el arrullo de las palomas que se disputaban un espacio sobre el tejado de guano.

Gaia se detuvo ante la puerta abierta, frunciendo los ojos para ver el interior, que era la negación de la claridad que se derramaba por las calles. Un olor a tierra mojada escapaba de la choza.

—¿Vas a entrar?

La voz surgió de la penumbra. Aunque Gaia no pudo ver a su dueña, supo quién le hablaba.

—No sé si se acordará de mí. Vine...

—Me acuerdo perfectamente. —Un bulto se movió en el suelo—. Pocas veces me he tropezado con una lectura de *obí* tan rara.

Distinguió a la anciana, que descansaba sobre su estera de siempre, fumando un tabaco ennegrecido. Su vestido blanco se mantenía milagrosamente impoluto en medio de aquella pobreza, generando un foco casi luminoso en la penumbra. Con ademán de reina bíblica, le indicó a Gaia que se sentara.

—¿Encontraste a tu vivo?

—Sí, señora.

—Pero hay un detalle que te preocupa —hablaba entrecerrando los ojos para concentrarse mejor en sus ideas.

—¿Lisa le contó?

—Mi ahijada y yo nunca hablamos de problemas ajenos.

—¿Entonces cómo sabe...? —empezó a preguntar, pero se interrumpió al ver los trozos de coco sobre la estera.

La otra siguió su mirada y luego se rió suavemente.

—Hay cosas que una sabe sin necesidad de que los santos le cuenten... Ventajas de la vejez.

Chupó su tabaco con expresión satisfecha.

—¿Me puede ayudar? Quisiera saber si debo continuar viendo a esa persona.

Por toda respuesta, la mujer recogió las cáscaras

e inició una retahíla de rezos ininteligibles. A Gaia se le antojó que aquella lengua, la más escuchada en su isla después del idioma cervantino, imitaba el toque de los tambores batá. Era un dialecto apegado a la naturaleza, henchido de inflexiones semejantes a un canto, con sílabas que estallaban secamente para sacar chispas del aire. Las palabras se retorcían como serpientes, saltaban entre los labios o se quebraban en fragmentos con un crujido de ramas rotas.

Salió de su ensueño cuando las cáscaras se desparramaron por el suelo.

—*Eyife* —murmuró la vieja con su tabaco en la boca—. Aquí ejtá otra vej mi regente.

Gaia notó el cambio en el modo de hablar de la mujer. Recordaba que algo así había ocurrido la otra vez. Era como si su cercanía al oráculo la alejara del mundo inmediato.

—Elegguá ej el único que pué ayuda'la a salir de este lío. Él le abrió ese camino por el que usté trasiega, y ahora tendrá que contenta'lo si desea que se lo cierre. —Se detuvo para mirarla—. ¿Llegó a ofrecerle la miel que le indiqué?

Gaia negó con cierta vergüenza.

—Pué consiga algún dulce, y déjelo en una esquina de su casa como ofrenda al santo —miró severamente a Gaia—; dipué no se me venga a quejá si cae en un embrollo del que no pué salir... Otro de lo' guerrero', Ochosi, dice que debe tené mucho cuidao poqque usté a vece cree en loj orisha', y a vece no; pero algún día tendrá la prueba que necesita.

—Entonces, ¿debo seguir viendo a esa persona?

—Lo que se sabe no se pregunta.

Gaia suspiró.

—¿Qué pasa? —preguntó la mujer.

—Tiene razón en eso de los orishas. A veces me parece que existen, y otras veces no me lo creo.

—No soy yo quien lo dice —aclaró con rapidez la anciana—, sino Ochosi.

—Con Dios me ocurre lo mismo —continuó Gaia sin hacerle caso—: a veces creo, y a veces no.

—Espere por la prueba que le han prometido. —Y al notar la mirada inquieta de la joven, añadió—: Pero hay algo más que la perturba.

Gaia revisó sus uñas.

—¿Usted piensa que los orishas se mezclarían con la gente?

—Ellos siempre están con nosotros.

—Pero, ¿podrían existir bajo forma humana?

—Si hay una situación de urgencia, ¿por qué no? —La mujer se sacó de la boca el tabaco apagado—. No sería la primera vez.

—¿Ya ocurrió?

—Cuando sacaron a los negros de África, los orishas se montaron en los barcos para protegerlos. Se dice que muchos desembarcaron aquí disfrazados de gente.

Gaia observó con atención a la anciana, preguntándose cuál sería la historia de alguien que indistintamente hablaba como una negra conga o como una profesora de literatura.

—Si no hubiera sido por ellos, ningún antepasado nuestro habría sobrevivido.

También le hubiera gustado saber de qué antepasados hablaba aquella mujer tan blanca como ella.

—No me mires así —de nuevo abandonó su tono distante—. Aunque mis abuelos fueran gallegos, los negros son también mi familia, y la tuya, y la de todos. ¿De dónde crees que salió tanta música y tanto baile y tanta floritura de lenguaje?... Sin esas cosas, hoy no seríamos lo que somos, gústele a quien le guste y pésele a quien le pese. A los negros les pasó lo mismo con las mañas de sus amos blancos... Todos hemos cargado con las virtudes y los defectos de los otros, y es idiota que uno finja lo contrario.

Con ademán nervioso la mujer abrió una cajita, de donde sacó otro tabaco. Sin encenderlo, se lo introdujo en la boca y se puso a masticarlo como si se tratara de un trozo de panal.

—¿Usted ha visto alguno?

—¿Algún qué?

—Orisha.

—Con los ojos del espíritu, que miran muy distinto a estos otros —y señaló los dos carbones que tenía sobre cada mejilla.

—¿Es posible que ellos puedan disfrazarse de persona?

—Ya te dije que sí —la estudió con cierta preocupación—. Oye, jovencita, machacas tanto con eso que juraría que los has visto.

—No estoy muy segura. Sospecho más bien que alguien se ha estado burlando de mí, pero ya no sé qué pensar.

—En este país suceden cosas raras.

—Lo sé.

—En este país todo es posible. —La anciana masticó el extremo de su tabaco, entornando los ojos mientras sopesaba su siguiente frase—. Por eso no me extrañaría que anduviesen por aquí cerca... Así podrían protegernos del desastre que se avecina.

—¿Cuál desastre?

—Un armagedón —dijo la mujer con un temblor—, pero no como el que anuncian los Testigos de Jehová, sino uno de esos que provoca la gente a cada rato. Lo tenemos encima y no son muchos los que saben.

—¿Cómo se enteró usted?

—Mis guerreros me lo han contado. Yo hablo con ellos en sueños, sobre todo con Elegguá. El país se virará patas arriba y, a menos que ocurra un milagro, la debacle durará años.

—¿Qué clase de milagro?

—Si lo supiera... Quizás nos haga falta un redentor, un Mesías, un hijo de nuestra virgen de la Caridad del Cobre... ¡Qué sé yo! —Quedó ensimismada y, poco a poco, adoptó la expresión de quien descubre algo—. Es posible... Es posible...

Gaia esperó a que continuara, pero la mujer se sumió en un mutismo de trance.

—¿Qué es posible? —preguntó por fin, con cierto desespero.

—Que ellos se movieran entre nosotros... Ése sería el milagro: que bajaran otra vez a mezclarse con la gente. Aprenderíamos directamente de ellos; eso podría salvarnos.

Luchando contra su ansiedad, Gaia preguntó:

—¿Y qué nos enseñarían que no supiéramos ya?

—A sobrevivir.

El corazón de la joven dio un vuelco, porque aquella respuesta guardaba una resonancia indudable con las palabras de Eri.

—¿No somos ya expertos en eso?

—No hablo de la vida diaria, sino del espíritu —susurró, y volvió a fijar sus ojos en la muchacha—. ¿Ellos te han hablado?

Gaia se mordió la lengua, decidida a no hacerlo; tendría que entrar en detalles que por nada del mundo confiaría a una mujer que podía ser su abuela.

Alentada por su silencio, la anciana se acercó a un rincón donde guardaba varios cuadernos de apuntes muy manoseados, amén de un centenar de volúme-

nes que se columpiaban sobre una tabla entre ladri-
llos. La joven se desconcertó un poco porque, hasta
ese momento, nunca se había fijado en aquel costado
de la vivienda. Resultaba insólita esa pequeña biblio-
teca en casa de una santera, pero la gente era así de
sorprendente. Entonces descubrió un viejo diploma
de maestra que colgaba tras unas ristras de ajo.

—Aquí hay datos sobre todos los orishas —precisó
su anfitriona, tendiéndole un libro—. Si encuentras
algo que te ayude a entender, me gustaría saberlo.

Gaia se puso de pie, con la triste sospecha de que
las similitudes no probarían nada. Cualquiera que co-
nociera esos mitos podría montar una farsa.

La vieja le recordó las ofrendas a Elegguá.

—No pierdes nada y puedes ganar mucho —le
aseguró.

—Lo haré por usted —prometió Gaia.

Cuando abandonó la choza se dio cuenta de que
sus dudas persistían y, lo que era peor, estaba más
confundida que antes.

III

Desde hacía dos días sus nervios no la dejaban en paz.
La perspectiva de volver a enfrentarse con el origen de
sus desazones era suficiente para crisparle los ánimos.
Ahora balanceaba las piernas, sentada en un banco del

parque —el mismo donde Oshún la encontrara por primera vez—, sin perder de vista las esquinas. A ratos un amago de brisa echaba a ondear sus cabellos, obstruyéndole la visión. El sol se había convertido en un ojo dorado que descendía sobre los árboles, trazando un camino de luz en el charco de una fuente cercana.

Se había preparado para ese encuentro; por lo menos, conocía al dedillo los atributos de cada orisha. Y había derramado un hilo de miel ante su casa, rogando a Elegguá, o a quien fuese, que le allanara el futuro de su accidentada vida. Resultaba una pobre protección para quien no confiaba mucho en tales creencias, pero se consoló a sí misma diciéndose que una pizca de conocimiento y un pequeño ritual siempre serían mejor que nada.

Reconoció que la tía Rita tenía razón. Era imposible evitar el contagio de creencias en un país como el suyo, saturado de misterios importados de todas partes. No era inusual encontrar negras espiritistas, fieles a la más pura tradición británica de las veladas sobre las mesas; o chinos santeros con sus altarcitos a Babalú Ayé; o mulatas que tiraban las cartas con la pericia de las gitanas ibéricas; o descendientes de vascos que consultaban el milenario *I Ching*. En aquel ajiaco de razas y cultos, Gaia no era una excepción. Allí estaba ella, biznieta de asturianos y franceses, obedeciendo los mandatos de los dioses africanos.

A punto de impacientarse, lo vio venir. Surgió

tras la fuentecilla, oculta a medias por los crotos que invadían sus inmediaciones con la anuencia del jardinero socorrido recurso para disimular la perenne escasez de agua.

Un alborozo la recorrió de pies a cabeza, pero su sonrisa se congeló al descubrir quién lo acompañaba. La hubiera reconocido a mil metros de distancia, y ahora se encontraba a menos de treinta. Su figura cimbreante apresuró el paso, como si se hubiera retrasado unos segundos tras el mazo vegetal para recoger aquel puñado de marpacíficos amarillos que ahora examinaba entusiasmada.

Gaia sopesó la posibilidad de dar media vuelta y huir: no se sentía con fuerzas para enfrentar sus pesadillas a la luz del día. Demasiado tarde. Eri agitó un brazo al divisarla.

—Perdona la tardanza —le dijo—. Tuve que recoger a mi hermana.

—¿Tu hermana?

La mujer llegó junto a ellos.

—Hola —se acercó a Gaia para besarla en una mejilla—. No te hicimos esperar mucho, ¿verdad?

—¿Es tu hermana? —repitió Gaia, incrédula.

—¿No es cierto que nos parecemos?

Gaia tuvo que admitirlo, aunque se limitó a asentir ligeramente.

—Si no te importa, me llevo tu auto —dijo la mujer—. Necesito llegarme a casa de madrina.

—Está bien. Nosotros iremos caminando.

—¿No son bellas? —gorjeó la joven, agitando el ramo ante sus narices a modo de despedida; y al dar media vuelta, su falda tintineó como si llevara cascabeles en el vestido.

—¿Podemos hablar? —preguntó Gaia, cuando la perdieron de vista.

—A eso vine.

—Y quiero respuestas, no evasivas.

—Muy bien, supongo que ya estás preparada —murmuró Eri, echando a caminar en dirección a la costa—. Espero que me perdones porque lo hice para protegerte.

—¿Protegerme de qué?

—¿Sabes que iban a expulsarte?

—¿De dónde?

—De la facultad.

Gaia se detuvo, desconcertada ante el improbable vínculo entre ese hecho y el misterio de la casa. El hombre también interrumpió la marcha hasta que la joven se recuperó.

—No lo sabía —admitió ella, reanudando el paso—. Aunque, ahora que lo mencionas, alguien me dijo que anduviera con cuidado. ¿Cómo lo supiste?

—Me enteré por un amigo que pertenece a la junta encargada de las depuraciones. Él me entregó una lista con los nombres de los que iban a ser expulsados. El tuyo aparecía entre ellos.

—Pero ¿por qué iban a echarme?

—Según el informe, te convertiste en una alumna problemática.

Gaia conocía bien las consecuencias de ese calificativo: era el primer paso para ingresar en las listas de posibles disidentes; un honor que podía costarle la carrera o el trabajo. Intentó recordar lo ocurrido durante las últimas semanas de clases.

—Botaron a varios, pero no a mí.

—Lo sé. No pudimos salvarlos a todos.

—¿De qué estás hablando?

—Mi grupo tiene colaboradores en los consejos donde se decide la suerte de los estudiantes. Hemos logrado evitar la expulsión de algunos, avisándoles de manera indirecta, pero contigo no funcionó.

Gaia trató de descubrir en sus palabras alguna señal de burla.

—Lo intentamos varias veces —insistió él—, pero no quisiste creernos.

Gaia se detuvo para recostarse en una reja.

—¿Por qué me cuentas esas cosas? —murmuró casi sin fuerzas—. ¿Y si soy un agente del gobierno?

Eri sonrió con indulgencia.

—Nos conocimos en un restaurante —dijo ella—. ¿Cómo sabías dónde buscarme?

—Soy un estudioso de la mitología.

—¿Qué quiere decir eso?

—Cuando leí la lista de los que serían expulsados, tu nombre me llamó la atención porque antes sólo lo había visto en libros. A los pocos días, mi hermana me habló de una estudiante que andaba traumatizada por la muerte de su ex amante. En cuanto mencionó tu nombre, supe que debían ser la misma persona.

—¿Y cómo se enteró de mi problema?

—Por Irene.

Gaia atisbó un rayo de luz.

—¿La hermana de Lisa?

—Irene y ella son muy amigas —le dio la mano para obligarla a reanudar la marcha—; se conocen desde niñas.

—Lisa me prometió que Irene no diría nada.

—Uno no le oculta ciertas cosas a su mejor amigo. Por esa vía supe de tu visita a la santera, lo que te había dicho y lo que harías... o más bien, lo que esperabas encontrar.

Ella imaginó que su cólera estallaría en plena calle. «Con tres pasos más, le daré un escándalo», pensó. Pero dio cuatro, cinco, diez, muchos pasos, y la ira no afloró por ninguna parte.

—¿Quiénes son los visitantes?

—¿Cuáles visitantes?

—Los de la mansión. ¿También son miembros de tu grupo clandestino?

—*En esa casa nunca hubo nadie más que nosotros.*

Gaia se detuvo, atónita ante su desfachatez. Hubiera querido responder de manera apropiada, pero las ideas se arremolinaron en su cabeza y sólo atinó a mirarlo con aire distante.

—Aquello estaba lleno de gente —murmuró por fin.

—Puedo demostrarte lo contrario.

—¿Cómo?

—Llevándote a la casa.

—¡Ah, no! Ese perro ya me ha mordido muchas veces.

—Esta vez no podrás decir que estás borracha o que te he drogado.

—¿Vas a admitir que lo has hecho antes?

—¡Por supuesto que no! Pero cada vez que te brindo cualquier cosa empiezas a decir que le he puesto cianuro al vaso, o algo parecido. Ahora no me vengas con ese cuento porque no te he dado ni agua.

Estaban cerca. Gaia reconoció en seguida la proximidad del paso que bordeaba aquel cráter lunar en medio de La Habana.

—No acabo de entender para qué montaste este teatro.

—Ya te lo he dicho: para protegerte, para salvarte. Te pasabas todo el tiempo cuestionando esto o aquello como si ésa fuera la única forma de rebelarse, y aquí la rebelión no sirve de nada. Hay que ser cuidadoso... Ése es el único modo de sobrevivir: mintiendo y fingiendo las veinticuatro horas.

—Con decírmelo habría sido suficiente.

—Te repito que lo intentamos... en más de una ocasión; pero eres muy terca y no quisiste entender.

—¿Qué pinta la casa en todo eso?

Él se detuvo a mirarla.

—No estaba muy seguro de lo que haría hasta que te vi. Me gustaste tanto que decidí matar dos pájaros de un tiro: te curaría ese trauma de la frigidez y te haría cambiar... las dos cosas a un mismo tiempo.

Gaia sintió que la sangre se le subía al rostro.

—Me usaste —fue lo único que pudo decir.

—Sí —convino él—, y no te pongas histérica. Fue por tu bien.

—Eso dijo el gato y se tragó al ratón.

—Eres injusta —le reprochó—. ¿Acaso no terminaste tu carrera? Nadie te expulsó.

—¿Qué pruebas tengo de que lo evitaste?

—¿No hiciste algo inusual antes del último semestre?

—¿Inusual? ¿En qué sentido? —y añadió con amargura—: Hice muchas cosas inusuales en el último semestre.

—Hablo de la universidad.

—No me acuerdo.

—Te daré una clave: papeles a firmar.

Gaia pensó unos segundos y, de pronto, se quedó helada. La escena se reprodujo en su mente con toda claridad. Fue después de su primera experiencia en aquella casa; lo recordaba perfectamente. Había claudicado, silenciado lo que sentía... algo muy raro en ella.

Eri caminaba a su lado, dejándola rumiar lo que su rostro evidenciaba haber descubierto. Un sonido sibilante, como un ejército de grillos que se desplazara velozmente, los obligó a mirar en torno. Sin que ninguno de los dos se percatara, la oscuridad había terminado por desplazar al atardecer. La nube de insectos pareció lanzarse sobre ellos, proveniente de algún escondrijo que sólo permitía adivinar su proximidad por el zumbido que ya se les venía encima... El hombre tiró de ella, a tiempo para evitar que una bicicleta sin luces los atropellara.

—Firmaste aquel primer papel a regañadientes, luego otro y un tercero sin chistar. Esos supuestos compromisos eran trampas: te habían puesto a prueba y tus experiencias te ayudaron a pasarlas.

Ella se desprendió de él.

—Actué así porque me tenían harta.

—No, lo hiciste porque estabas condicionada: una fierecilla en proceso de doma...

—Eso es un disparate. ¿Qué tiene que ver el sexo con mis decisiones políticas?

—Mucho más de lo que imaginas. No hay erotismo sin audacia y no hay poder sin soberbia. A los tiranos les encanta controlar hasta los orgasmos de sus súbditos; pero no por puritanismo, sino porque no soportan que nada escape a su control. Por eso la cama es el único sitio donde los preceptos de las dictaduras son burlados a ultranza. Piensa un poco y te darás cuenta de la relación.

Gaia intentó reflexionar. Examinada en detalle, la idea no era tan absurda; más bien explicaba un sinnúmero de comportamientos con los que tropezaba a diario. Tal vez el alma acudiera a esos medios para escapar de la frustración. El sexo era un recurso poderoso: al contener tabúes milenarios, resultaba también liberador; y en una prisión social podía adquirir trascendencia catártica. No importaba cuán monstruosa fuese la represión: para alguien sin posibilidades de sublevarse, forzar los límites de su erotismo se convertía en un mecanismo de cordura porque se estaba rebelando contra algo que sí podía vencer.

Pensó en quienes apelaban a métodos más convencionales con un valor que a ella le faltaba; por eso sufrían golpizas y encierros interminables. Se sintió avergonzada, pero no por mucho tiempo. La misteriosa organización de Eri tampoco acudía al enfrentamiento. Su herramienta conspirativa era bastante extraña: avisaba a los descontentos, conminándolos a una aparente obediencia que, sin embargo, no cambiaba la estructura rebelde de su pensamiento. Eso habían hecho con ella. Toda la energía empleada en cuestionar órdenes absurdas había sido moldeada

—sin que se diera cuenta— por sus peculiares experiencias sexuales. Primero, la condicionaron a obedecer; después, tras hacerle saltar las barreras de su libido, fue liberada de esas ataduras que suelen originar mayores represiones. Su actitud cambió. Se dio el lujo de aceptar burlonamente lo que antes provocara en ella reacciones peligrosas. Un papel era sólo un papel, ¿qué importaba lo que dijera? Y había terminado por firmar cuanta bazofia le pusieron delante, porque aquel garabato con su nombre no quería decir nada.

Alzó la vista y olfateó las sombras. Los troncos de los árboles se estremecían como cuerpos vivos. Cantos de insectos invisibles se lanzaron a rodar bajo la esperma que goteaba de las estrellas. Supo que había penetrado en un reino tántrico, en una región intangible que respondía a otros parámetros sensoriales. A su lado caminaba aquel hombre que rezumaba vitalidad como un varón de las cavernas. Percibió el roce de una mano —¿contra su muslo, en su cadera?— y la noche exudó un aroma delicadamente ilícito. Su alma había sufrido una transmutación: asentía sin aceptar, aceptaba sin creer. Y cada encuentro con el autor de aquella metamorfosis terminaba alterando al resto del universo. Vivir en ese entorno erótico se había convertido en una experiencia mística.

Se detuvieron a poca distancia de un farol. Semioculto entre el follaje de los árboles, se distinguía el enrejado que rodeaba la mansión. Gaia sintió de nuevo la presencia de entidades, como si se hubieran abierto las compuertas de una dimensión tenebrosa.

—Entonces ¿me perdonas?

Ella guardó un obstinado silencio.

—Supongo que sí —susurró él, y le tocó ligeramente un hombro.

—Sigo sin creer que la cama sea la única solución para este desbarajuste.

—Estoy de acuerdo, pero el suicidio social es una idiotez y no sirve de nada. Eso es lo que ibas a conseguir con tus impulsos de rebelión.

—Hablas muy bonito —repuso ella con ironía—. ¡Y no dije que te hubiera perdonado!

—¡Sigues molesta! —exclamó el hombre, y su tono fue una mezcla de sorpresa y desilusión.

—¿Qué pensabas? —resopló Gaia—. ¿Que me iba a quedar tan tranquila con toda esa explicación de locos? Todavía no sé cuál parte creer y cuál no.

—Debes creerlo todo. La única manera de tranquilizarte era hacerte sentir libre, y eso es algo que aquí sólo se puede conseguir a través de los instintos porque en la vida real es imposible.

—Pudiste tratar de explicármelo. ¡Por Dios! No soy ninguna analfabeta.

—Una cosa es la inteligencia; y otra, la valentía para reconocer lo que somos.

—¿Piensas que soy cobarde?

—La sociedad nos hace cobardes. No podemos pensar con claridad porque los prejuicios nos ciegan. Para saber quiénes somos es necesario volver a empezar, conocer en carne propia lo que significa ser libres; pero para comprenderlo, primero debemos experimentar lo que es la libertad.

—¿Siempre a través del sexo?

—Por lo menos, para empezar.

—¿Por qué?

—Porque nuestra naturaleza es erótica, y muchos de nuestros problemas se originan en esa zona del espíritu.

—¿Ahora resulta que el erotismo es parte del espíritu?

—Búrlate si quieres, pero te aseguro que no tendremos libertad hasta que sepamos respetarla. Nos encanta reprimir; por eso somos reprimidos. Y la libertad debe ser entendida hasta sus últimas consecuencias —suspiró en la penumbra—. Resulta tan irónico...

—¿Qué?

—Eros es el dios secreto de nuestra isla. Llevamos en la sangre el virus de la incontinencia sexual y nos empeñamos en ser de otro modo.

Gaia tuvo la inquietante sospecha de que él podía tener razón.

—¿Cómo lo hiciste?

—¿Qué cosa?

—Hacerme ver lo que no era.

—Nada más fácil de engañar que la mente.

—¿Cómo? —insistió ella.

Vio brillar las pupilas de Eri como dos ópalos demoníacos.

—Voy a enseñarte.

Atravesaron el jardín con el sigilo de dos gatos. El hombre empujó la puerta, y sólo cuando se vio adentro, encendió una linterna.

La casa parecía abandonada desde época inmemorial. Era imposible adivinar el color original de las paredes porque el empapelado estallaba en escamas que se desprendían bajo el moho. Las mamparas que custodiaban las habitaciones a ambos lados de los pasillos habían perdido todos sus vitrales, y apenas unos trozos inidentificables del mobiliario original yacían por los rincones: aquí, la pata moldeada de una mesa; allá, fragmentos de una estatua; más lejos, residuos de un jarrón de Sèvres... La escalera no se hallaba en mejores condiciones: sin baranda, marchitos los escalones de caoba que otrora resplandecieran encerados, permitió el precario ascenso a un pasillo de paredes dudosamente rosadas. No había luz, por supuesto. Gaia había vislumbrado esos detalles gracias al cono luminoso que los precedía, y por eso se aferró a la mano del hombre que avanzaba con la seguridad de quien conoce el terreno.

171

Era como si se encontraran en el centro de la nada, en el vórtice de una negrura definitiva que amenazara con tragárselos; una negrura sólo rota por el haz fluorescente que iba dibujando la imagen de aquel naufragio. Y mientras exploraban sus restos, las paredes retrocedían, lamentándose y crujiendo en un vaticinio de muerte.

—¿Sabes lo que cuentan por ahí? —susurró él, y su voz retumbó en ecos.

—No.

—Que esta mansión está embrujada.

—¿Por quién?

—Por güijes. Esos duendes que...

—Sé lo que son los güijes.

Eri se detuvo como si dudara qué rumbo seguir. Cuando reanudó la marcha, murmuró:

—He oído decir que viven en un pozo secreto de los alrededores.

Gaia supo que se adentraban más en esa morada de arquitectura imposible. Pensó en Dédalo, atrapado en su propia creación e intentando escapar con aquellas alas de maravilla que causaron la muerte de su hijo; pero ella ni siquiera contaba con el recurso de Ícaro. Reconoció su temor, pero también su curiosidad casi malsana, su atracción por ese ambiente donde el instinto aceptaba todo deseo... ¿En qué la habían convertido?

Eri se detuvo ante una puerta cerrada, apagó

la linterna y las tinieblas se espesaron en torno. Gaia se acercó a él. Nunca se había sentido muy cómoda en la oscuridad, y la idea de encontrarse en una mansión embrujada no contribuía a tranquilizarla. Notó la respiración del hombre que se pegó a ella, arrinconándola contra una pared; su cuerpo ancho que parecía crecer con la ausencia de luz; una rodilla entre sus muslos, rozando ávida por encima de las ropas... La excitación le hizo olvidar un poco el miedo. Sintió el ruido de la tela que se rasgaba y luego la lengua que le lamía los pechos. Dentro de ella brotó el infierno: una llamarada que se apretujaba en su vientre y se distendía más allá. Le llegó su olor; un olor único que dibujaba imágenes en su memoria: hombros curtidos, músculos apretados como sogas, labios mojados para la caricia... Aspiró enloquecida sobre su cuello, cerca de las orejas, en sus cabellos. Era el olor mismo de la especie.

De pronto se quedó rígida. Dedos diminutos se habían posado en sus tobillos, subieron hasta los muslos y después más arriba. Eri le dio vuelta y le alzó la falda, obligándola a abrir las piernas. Con una fuerza impropia para su tamaño, las manecitas le arrancaron la ropa interior y realizaron maniobras de reconocimiento. El manoseo le produjo un placer insoportable que la hizo reclinarse sobre el pecho que la sostenía. Así se abandonó, confiando en que vivía un espejismo provocado por ardides hipnóticos o algún otro artificio semejante. Una leve presión la obligó a arrodillarse. Al principio se resistió un poco; no le agradaba la idea de alejarse del entorno protector que le ofrecía el cuerpo del hombre. Pero terminó cediendo ante el mismo impulso que siempre destruía sus defensas cuando el deseo se apoderaba de ella. De inmediato, varias manos surgieron de la nada para toquetearla a diestro y siniestro.

—¿Eri? —lo llamó cuando él se separó para dejarla a merced de aquellos seres invisibles. Ya no se sentía tan a gusto. La frialdad de los dedos le recordaba la piel de los anfibios—. ¿Eri?

Acabaron por arrancarle la poca ropa que le quedaba. Trató de incorporarse, pero la multitud la obligó a permanecer de rodillas. Tiraban de ella, agarrándola con sus dedos de garfio que se clavaban en sitios estratégicos. Pronto la forzaron a apoyarse sobre las manos. Ahora sí podía sentir el contacto de sus cuerpos pequeños y de sus órganos adultos, que se deslizaron por todos los rincones de su piel, volteándola y sobándola con impertinencia. Palpaban sus pechos con ansiedad de niños, y algunos se atrevieron a succionarlos como si esperaran que de ellos brotara el alimento. Otros deslizaron sus dedos por la grupa, provocándole unas cosquillas electrizantes que lograban relajarla, antes de castigarla con palmadas que la hacían saltar. Plumas gigantes como abanicos, de un resplandor angélico que fosforecía en las tinieblas, rozaban sus orificios tensos y goteantes.

Perdió la noción del tiempo que duró aquel desenfreno táctil. Cuando ya creía que el escrutinio había terminado, las criaturas recobraron su brío. Montaron sobre ella por turnos, azotando sus nalgas y sus muslos con finos fuetecillos que luego paseaban amenazantes frente a la entrada de su sexo. Se vio obligada a lamer y a chupar, mientras era cabalgada como una yegua a la que tiraban de los cabellos, a modo de bridas. Durante un buen rato se divirtieron con ella, lamiéndola, zarandeándola y pellizcándola hasta que se hartaron. Entonces empezó el juego de las penetraciones.

IV

¿A qué pautas obedecería ahora, tras perder definitivamente la cordura? Porque loca debía de estar. O atrapada en una dimensión desconocida. Ya no era posible orientarse en aquel territorio incierto que volvía a engullirla a la menor provocación. El embrujo sobrevivía, pese a su empeño por escapar de él.

La casa vestía de nuevo sus galas oníricas. Nada en el entorno recordaba los estragos producidos por el tiempo o los huracanes sociales. Gaia no podía creerlo. ¿Eran esos balaustres opalescentes los mismos astillados que su amante le mostrara? ¿Y dónde estaban las cornisas destrozadas, los moribundos dibujos de las losas y la humedad amontonada en las paredes?

Para colmo de males, Eri faltaba de nuevo. Olfateó un acertijo en aquel repetido afán suyo por eclipsarse dentro de la mansión. Aunque no tenía paciencia para las adivinanzas, se propuso encontrarlo. Al menos había cierta luz. El reflejo de los candelabros convertía el mundo en una pradera de verdores, bañada por esa claridad fantasmal de los escenarios teatrales.

Encontró su vestido en un rincón y lo palpó con recelo, esperando que se inflamara como un pulmón vivo o saltara para envolverla; pero la tela yació entre sus manos con una languidez finisecular. Se lo puso a toda prisa, temerosa de que la sorprendieran. Las habitaciones palpitaban insomnes, casi animadas, y quizás eso fuera la mansión: una entidad que cobraba vida bajo circunstancias que aún debía determinar.

Dio unos pasos al azar, pues no le parecía que una u otra dirección alterara mucho el resultado. Allí no cesaban las transfiguraciones. Sabía de muchos laberintos tragados por el discurrir de las épocas, desde los más célebres —en Creta y Egipto— hasta los menos notorios —como el etrusco en Clusium o aquel de la isla de Lemnos, con ciento cincuenta columnas que hasta un niño podía mover—; pero jamás oyó hablar de ninguno que cambiara de la noche a la mañana, como un espejismo de adornos mutantes. Semejante locura, se dijo, debía ser una creación del trópico. Esa capacidad de perenne disfraz era un atributo único de la mansión. Como todo lo demás en su isla.

Vio una figura enmascarada en el extremo opuesto del pasillo. Había algo amenazante en su silueta; algo que también se palpaba en el aire. Durante unos segundos se observaron desde la distancia, hasta que el desconocido dio un paso y quedó iluminado por la luz de una habitación abierta. A Gaia le pareció inmenso, pero tal vez fuera una ilusión provocada por su sombra. No lo pensó dos veces. Echó a correr por los salones que se disputaban los misterios de la dualidad: sombra, luz... día, noche... Pero era como una pesadilla. Por más que corriera, cada vez que miraba atrás veía la silueta moviéndose con paso estudiado y majestuoso. ¿Cómo era posible que no pudiera perderlo de vista, si ella casi volaba?

Llegó a un patio arrullado por múltiples fuentes. Después de atravesarlo, abrió una de las puertas que lo rodeaban. Miríadas de velos cubrían las ventanas de un extenso corredor, sombreado por una claridad tan malva como el sol de otro planeta. Creyó abismarse en un filme de Cocteau. Puertas y más puertas, y la misma iluminación onírica que otorgaba a cada

objeto un aire amenazante. Finalmente vio un destello bajo una rendija. La penumbra se replegó. Una
claridad de plata lamía sus pies. Se sintió atraída hacia ella como una mariposa nocturna por el aura de
un quinqué, pero su instinto le advirtió. Pegó el oído
a la madera esperando oír risas de duendes, el aliento de una posesión, la música de un arpa endemonia-
da... Silencio. Tras una espera interminable empujó
el picaporte.

En seguida reconoció la alcoba. Era la misma
donde Oshún la sedujera a instancias de Inle. Junto a
una lámpara, alguien había dejado una bandeja re-
bosante de frutas. Verla y sentir la urgencia del hambre fueron la misma cosa. Comenzó a desgarrar los
mangos, embarrándose con el zumo que corría por
su barbilla; devoró los anones, escupiendo las semi-
llas negras que se ocultaban en la pulpa nevada;
arrancó la piel de las naranjas y masticó los gajos hasta exprimirlos del todo; peló los plátanos de cáscara
purpúrea, de esa variedad que antaño abundara en
la zona oriental de su país; y mordió la masa crujien-
te de los melones de Castilla, tan sabrosa si se espol-
vorea con azúcar.

Sólo después de saciarse, se percató de su lamen-
table estado; no sólo su cuerpo, también sus cabellos
se hallaban cubiertos de polvo, hojarascas y otras
miasmas inidentificables. Registró la habitación —el
balcón, el baño, el clóset— hasta comprobar que esta-

ba sola. Entonces halló ánimos para darse una ducha.

No había toallas, pero el detalle carecía de importancia frente a la posibilidad de una buena jabonadura que se llevara todo rastro de aquella jornada. Disfrutó del agua tibia y de la espuma en ese ambiente que rezumaba antigüedad: las llaves de bronce, los dibujos romanos de los azulejos, las grietas de las paredes, y hasta los agujeros por donde varios ojillos curiosos observaban la escena sin que ella se percatara. En una ocasión le pareció escuchar el murmullo de los invisibles mirones, pero aquella labor de voyeur no le importó. Después de tantos lances perturbadores, que otros otearan su desnudez no se encontraba entre las actividades que pudieran inquietarla.

El vapor fue llenando la habitación y, poco a poco, una laxitud sospechosa se apoderó de ella. Le hubiera gustado tenderse sobre un lecho de espuma, enredarse entre sedas, flotar... Sus percepciones también cambiaron. Olfateó la curvatura del espacio, los colores de la memoria, el tiempo en fuga. Luchó por aprehender las dimensiones reales de su entorno, pero su mente se batía en retirada. Algún dios sacudía el cosmos y lo viraba patas arriba. Se quedó inmóvil bajo la ducha para escuchar por primera vez la penumbra. Aromas tibios y palpitaciones doradas. Música delgada como un suspiro. El mundo susurró dentro de su garganta y comprendió. Cada onza de aire que pasaba por sus pulmones dejaba un rastro oleaginoso y dulce como un ciervo desbocado. Era el alfa del misterio y ella abrió sus brazos para recibirlo. Llegó la nada. Acunó a Dios. Una lluvia atravesó el techo, proveniente de la luna que se reflejaba en un pedazo de espejo. Ella era la rosa mística que adoraban los monjes y el universo se plegaba a sus deseos.

«Las frutas», suspiró casi resignada. «Me han envenenado como a Blancanieves.»

Las llaves temblaron, palidecieron de angustia, sollozaron y se convirtieron en manos. Caricias bruñidas a la sombra del agua. No hizo nada por escapar de aquellos dedos que ya rozaban su cintura. Si todo era cierto, nadie la ayudaría a escapar. Si se trataba de una alucinación, tales rozamientos no la afectarían; se daría el lujo de ignorarlos como a los fisgones que continuaban su labor de husmeo.

Nuevos seudópodos surgieron de la pared, se extendieron, tocaron sus pechos... Tanteos rudos y apretados que no admitían otra voluntad, pero ella no intentó librarse de aquella fiesta orgiástica sobre su carne. Alzó la vista hacia el espejo que le devolvía su imagen borrosa, y también la de una sombra confusa a sus espaldas. No, más que una sombra era una suma de sombras. O un ejército fantasmal. O el vapor que producía sombras... Nadie. No había nadie y era su imaginación. El reflejo de sus terrores. Estaba sola, pero algo se movió detrás de ella. Le pareció que el grifo inferior de la bañera empezaba a transformarse en un pene broncíneo, en una monstruosidad que intentaba cambiar su aséptico hábitat por el fondo legamoso de su carne. Obediente ante la presión de las manos, se inclinó aún más y se ofreció al ojo oscuro que aumentaba en grosor. Era el momento de resistirse, de estallar, de luchar como un animal herido; pero halló gozosa su humillante servidumbre. Fuese lo que fuese, reconoció su condicionamiento. El grifo se movió culebreante y se introdujo en ella.

No se rebeló contra ese delirio. Lo aceptó como había aceptado ser el centro de un acto circense, como había aceptado su papel nupcial en una ceremonia de ultratumba, como había aceptado que entidades invisibles la forzaran en las tinieblas... Se lo debía a alguien. Ya no recordaba a quién. Pero la habían llevado hasta ese laberinto para ser liberada. ¿De qué? No sabía. ¿Quién la había llevado? Una mujer. O tal vez un hombre. O ambos. O ninguno. O nadie.

El grifo se movía acompasadamente y las manos que sujetaban sus muñecas secundaban la cadencia de su indefinible amante. La tensión comenzó a fatigarla y sus rodillas temblaban sin control, pero el baño no cedió su presa. Los ojillos de las paredes observaron con placer aquella nueva travesura de la casa. Qué espectáculo de gozo, comentaban mientras ella se dejaba poseer por la plomería del baño. Qué imagen para otra versión de una Bella atrapada en la mansión tropical de la Bestia.

Hubo un estruendo. O tal vez un rugido. El Minotauro del laberinto, quizás. O el custodio de esa Babel tramposa. Entre los vapores apareció una figura: el encapuchado de oscuro manto. Quién sabe desde cuándo estaba allí contemplando la escena.

—¿Qué hacen?

Gaia reconoció su voz. Qué tonta había sido, huyendo de su amado todo el tiempo cuando era el único que podía ayudarla. Se relajó de inmediato y esbozó un amago de sonrisa.

Murmullos ininteligibles se atropellaron para dar explicaciones hasta que el hombre hizo un gesto. La acostaron boca arriba para atarla a unos grilletes que brotaban de la pared. Gaia sospechó que su obediencia sería la prueba que él necesitaba para terminar con aquel ciclo de fabulaciones. Por eso, cuando alguien comenzó a cubrir su pubis con espuma, ya el miedo se había retirado a regiones lejanas. Además, la brocha le provocaba unas cosquillas deliciosas: se deslizaba heladamente sobre su monte encrespado y algunos pelillos penetraron entre sus labios, impregnándola de una sensación mentolada. Después tocó el turno a la cuchilla que esquiló cerca de los muslos, dejando sólo una parcela diminuta de vellón a lo largo de la abertura. Alguien le acarició los pechos, pero ella sólo atendía al deleite de su monte cada vez más despejado a medida que la hoja afilada iba trillando sus nocturnas mieses. La operación culminó con una toalla empapada en agua que se llevó todo vestigio de espuma. En la penumbra malva, su sexo brilló desnudo como una flor extraterrenal.

Su amante había observado la escena sin decir palabra. Luego palpó con ternura los pétalos de aquella flor, entreabriéndolos para embarrarse con la miel que destilaban. Por un momento pareció que iría al rescate de la cautiva, cuando zafó los grilletes que la sujetaban. Vana ilusión. La obligó a arrodillarse dentro de la ducha, de espaldas al grifo que se movía amenazante como el cuello de una bestia en celo. Él mismo volvió a encadenarla en una pose de crucifixión. Otro tirón la obligó a agacharse más, exponiendo su grupa a los latigazos que comenzaron a caer sobre ella. Al primer grito fue amordazada. Alguien trajo un par de pinzas: pirañas hambrientas mordieron sus pechos. Esta vez, el dolor fue demasiado real. Dejó de pensar en drogas secretas y en pociones hipnóticas. Ya no dudó de sus experiencias: la ceremonia en la cripta, el surtidor azul de Inle, la orgía al pie de la ceiba...

Cuando su verdugo se cansó del castigo, mostró su descollante virilidad al rostro húmedo de lágrimas. De un tirón le arrancó la mordaza y ella lo lamió, agradecida de que los azotes hubieran cesado. Otras manos acariciaron los moretones de sus nalgas, pero las huellas del castigo aún se mantenían frescas y el contacto fue como una quemadura.

—Pobrecita —escuchó una voz a sus espaldas y, de golpe, la cañería se introdujo en ella.

Gaia dio un alarido, que fue apagado por la carne que invadía su boca. Tras las paredes hubo aplausos y murmullos extáticos. El calor se extendió por la cañería que usurpaba su interior, convirtiendo el apareamiento en una cópula dolorosa. Luchó por separarse, pero le fue imposible escapar. La violación sólo acabó cuando un potente géiser fluyó a chorros del grifo.

Su agonía exacerbó el placer de todos; en especial, el de su amante. Tuvo que valerse de la lengua para refrenar sus embestidas. Como alimento de dioses, como lluvia de oro en busca de un vientre mitológico, así se escanció la ambrosía en su boca.

—Trágatela toda.

Ella obedeció, bebiendo de la fuente que le brindaba ese elixir con sabor a musgo, dulce y amargo a la vez —tibieza perfecta y sacra—. Sólo que su garganta no tenía capacidad para asimilar el torrente y estuvo a punto de ahogarse; pero él la liberó de su suplicio.

El diluvio le dio en pleno rostro, se deslizó entre sus pechos y le cubrió los muslos. Era semen azul.

Gaia alzó la vista para mirar a su amante y la verdad la golpeó con la misma violencia del manantial que fluía sin cesar: Inle y Eri eran la misma persona.

V

Prefirió llegar media hora antes. Así tendría tiempo para meditar en su rincón, protegida por aquel abanico de plantas que rodeaba el banco del parque. Llevaba consigo el libro que esa noche devolvería a la tía Rita. Durante varias semanas había memorizado las leyendas de los seres que se perseguían entre sus páginas: criaturas de estirpe nebulosa e inquietantemente cercana, con sus historias de pasiones y engaños. Nada muy diferente a lo que hubiera vivido en los últimos meses. Mientras aguardaba, lo abrió para repasar algunos pasajes.

Inle era el dueño del río y de los peces. Tan grande era su belleza que Yemayá, la orisha soberana del mar, lo raptó y se lo llevó al fondo de su vasto país. Allí lo amó con toda la impetuosidad de su temperamento voluble como las mareas, hasta que, arrepentida, o quizás aburrida de sus favores, lo liberó. A Inle le gustaba vestir de azul y amarillo —esto último por influencia de Oshún, a quien lo unía un afecto especial—. Lo más revelador había sido el otro nombre con que se conocía al orisha médico: Erinle.

Fue en este punto donde la lectura había cobrado un interés especial, pues Erinle era la combinación de dos nombres que ella conocía de sobra. O más bien una suma: Eri + Inle = Erinle.

Las consecuencias de esa fórmula rozaban la ubicua dimensión de lo esotérico. ¿Se encontraba frente a dos manifestaciones de una misma divinidad: dos avatares de un ente que asumía diversos papeles, según las circunstancias o el momento? ¿Se disfrazaba de criatura mortal por el día y mostraba sus poderes de noche? ¿O era alguien que se desdoblaba en varias personalidades porque padecía de una dolencia psicológica: un hombre que se creía tocado por potencias mágicas bajo determinadas condiciones? Una cosa era cierta: fuera de la mansión, era un individuo razonable; se transformaba en otro apenas traspasaba sus límites.

Lo peor era la duda. ¿Y si sólo se trataba de un juego? ¿Y si, como dijera el propio Eri, nada de eso fuera real? ¿Si todas esas experiencias y personajes nacieran de sus propios temores y deseos? ¿Sería su imaginación la culpable?

Miró las páginas que el viento intentaba hacer volar. ¿Era casual que la profesión de su amante se acercara tanto a una de las características tutelares del dios? Siendo el orisha médico por excelencia, Erinle protegía de todas las aflicciones y padecimientos; y al igual que el resto de los santos afrocubanos, tenía su equivalente en el panteón católico: el arcángel Rafael, custodio de la humanidad.

Recordó algo que le había escuchado decir muchas veces a su abuela, gran devota del mensajero divino: Rafael significaba «remedio de Dios». Al menos en ese detalle estaba de acuerdo con la difunta. Pese a la incertidumbre que le provocaba su comportamiento ambivalente, eso había sido Eri para ella: una poción contra el desamor, un refugio que la sustentaba. En ese pozo se había hundido ya muchas veces; y de él quería seguir bebiendo, aun a riesgo de terminar abrasada.

No le quedó otra alternativa que admitir el cambio. Ahora su espíritu resucitaba como el brote de una flor en plena estación húmeda, y lo hacía con una voluntad enferma de astucia. Él había transformado los resortes de su naturaleza, permitiéndole contemplar el entorno a distancia. Al igual que un alma en pleno viaje astral, nada podía tocarla ni dañarla; y esa certeza le permitía escuchar cada discurso y cada proclama con una sonrisa, decir que sí con ademán falsamente servil, y luego virar la espalda para hacer exactamente lo contrario... Había aprendido a no exponerse; había aprendido a desobedecer en silencio; había aprendido a sobrevivir.

Alzó la mirada, sintiendo un ramalazo de inspiración. La voz de su sexto sentido se estaba convirtiendo en una cualidad habitual. ¿Sería también un legado de los orishas? ¿Una recompensa tras pasar aquellas ordalías iniciáticas? ¿O era sólo una condición innata que se había activado durante el aprendizaje?

Su piel susurró con la memoria de una pasión antigua y supo que él estaba cerca. Lo vio emerger tras la fuente, con el aire de quien se pasea por un territorio amado y peligroso a la vez. Guardó el libro en su bolso, aún sin saber si había llegado al final de un enigma o al inicio de otro. Parte de ella seguía esperanzada en descubrir el método para crear aquella fantasía; otra porción de su mente ya estaba convencida de que la realidad era sólo ilusión. Puro *maya*, como dirían los hindúes.

Bajo un disfraz engañosamente verosímil debían de existir múltiples mundos superimpuestos en capas, como túneles subterráneos que permanecen invisibles para quienes deambulan sobre la superficie. El universo era apariencia. Y para desmentir su presunta sencillez estaba la magia de los ángeles / orishas... porque no dudaba de que tales criaturas hubieran invadido su isla. Ahí estaban, tras los talones de la humanidad: entidades anónimas hasta que ellas mismas decidieran lo contrario. Algún día se presentarían en todo su esplendor, como figuras apocalípticas y salvadoras, para culminar con un ciclo de gobierno y dar comienzo a otro...

Lo esperó de pie. Se acercaba con aquella mirada que fundiera su voluntad meses atrás. Quizás no fuera tan descabellada la idea de una máscara durante la ceremonia de Iroko. ¿No le había asegurado Oshún que, quienes lo veían, quedaban atados para siempre a su arbitrio?

—Perdona mi tardanza. Tuve que atender un caso de urgencia.

De nuevo actuaba como si nada, como si ella no lo hubiera llamado la noche anterior para interrogarle, casi histérica, sobre la manera en que había vuelto a su casa. Pensó en mostrarle el libro. Le enseñaría cómo su nombre y el de Inle conformaban el otro nombre del orisha.

—Qué tarde se nos ha hecho —exclamó mirando su reloj—. Tenemos que apurarnos.

—¿Por qué?

—Tengo una sorpresa para ti —le dijo, echando a andar junto a ella—. Mi hermana acaba de reconciliarse con su marido y quiere hacer una fiesta —sonrió—: Hoy vas a conocer a mis padres.

El auto los aguardaba al otro lado del parque, detrás de la fuente.

«Es un truco», pensó Gaia.

Recorrieron las calles del Vedado, sin que ella dejara de sopesar el mejor modo de sacarle alguna información.

—¿Y las lecciones? —preguntó finalmente.

—¿Las lecciones?

—Sí. ¿Ya terminamos?

—Por el momento.

Pareció dar por concluido el asunto, pero ella no estaba dispuesta a dejarse vencer.

—¿Por lo menos me dirás quiénes eran...?

Eri detuvo el auto junto a la acera.

—Gaia, te confieso que me gustas mucho. Me gustas tanto que no voy a molestarme por tus preguntas; pero te advierto que, en adelante, voy a ignorarlas por completo. Así es que mejor no insistas.

Hubiera querido bajarse allí mismo, gritar que ya no podía más con tanto misterio, que se perdería para siempre de su vida, pero sus deseos parecían amarrados a la voluntad de ese hombre. No volvió a abrir la boca hasta que se detuvieron de nuevo, varias cuadras después, ante la mansión; la misma de los juegos nocturnos, ahora con sus jardines impolutos, su césped parejito y sus arbustos elegantemente cortados en formas caprichosas, custodiando senderos que no conducían a ninguna parte. Un lugar en perfecto orden, limpio, arreglado, sin sombra de ruinas o desorden bajo la brillante luz del mediodía.

Dos bocinazos alertaron a sus inquilinos. Oshún fue la primera en asomarse, agitó un brazo y se volvió para avisar a quienes se encontraban dentro. Mientras atravesaban el jardín, escuchó unas risas infantiles, el estruendo de un plato al caer, voces indistintas. ¿Habría usado Eri el hogar de sus padres para sus pasatiempos lúdicos? No se molestó en indagar. Sabía que cualquier intento por averiguar la verdad sería bloqueado una y otra vez. A pesar de sus continuas visitas a la mansión, seguía en el mismo estado de ignorancia que al inicio de su periplo, y sospechó que nunca averiguaría mucho aunque acosara con sus preguntas a sus moradores.

Mejor así. Mejor admitir su incapacidad. No quería ser como esos turistas que, tras visitar un par de veces las playas de su isla, imaginaban saberlo todo sobre ella y creían comprender lo que ocurría. ¡Qué ilusos! Si sus habitantes apenas lo entendían...

Se desviaron hacia el laberinto vegetal cuando ya la puerta quedaba a una veintena de pasos. Ahora tendrían que andar por el serpenteante camino que iba y venía alrededor de la mansión, convirtiéndola en el centro de aquel juego cabalístico. Justo en un recodo, se alzaba una ceiba rodeada por arbustos que impedían la visión de la casa. Al llegar allí, el hombre le alzó la falda y le arrancó la ropa interior. Ella quiso recoger el trozo de tela, pero él le introdujo un dedo entre los muslos y la obligó a seguirlo. Sintió que se mojaba sin remedio. Lo obedeció sin chistar, aunque no estaba segura si la trastada de su amante terminaría al final del laberinto.

De todos modos se dejó arrastrar por aquel dedo que la guiaba como un hilo de Ariadna, gozosa ante el frescor de la brisa que atravesaba sus labios entreabiertos. El soplo del céfiro le llegó hasta los ovarios, perfumándolos con aroma de rosas.

Trató de consolarse, pensando que si había podido vivir en un feudo cerrado durante tantos años, también se adaptaría a ese otro experimento. La rebelión, por el momento, tendría que ser secreta. ¿No era lo que le habían enseñado? En su país, tales eran las reglas del juego: ocultar, mentir, simular... Por eso no había nada que hacer. Lo mejor sería fingir y seguirle la corriente a toda esa locura. Después de todo, Cuba era también una inmensa casa de juegos donde no valía la pena preguntar, porque nunca obtendría la verdadera respuesta.

Coral Gables, 1996

ÍNDICE